毒殺される悪役令嬢ですが、いつの間にか溺愛ルートに入っていたようで2

糸四季

23453

角川ビーンズ文庫

目次

登場人物紹介
CHARACTER
PROFILE
ノア
イグバーン王国の第一王子。
オリヴィアの毒スキルで毒
殺ルートを回避する。
オリヴィア
前世・美容部員の侯爵令嬢。
二度目の令嬢人生で毒スキ
ルを手に入れる。

セレナ
乙女ゲームの主人公で、聖女。オリヴィアの親衛隊員。
ギルバート
イグバーン王国第二王子。一度目の人生ではオリヴィアに冷たくあたっていた。
シロ
創造神デミウルの遣いの神獣。オリヴィアのデトックス料理がお気に入り。

本文イラスト／茲助

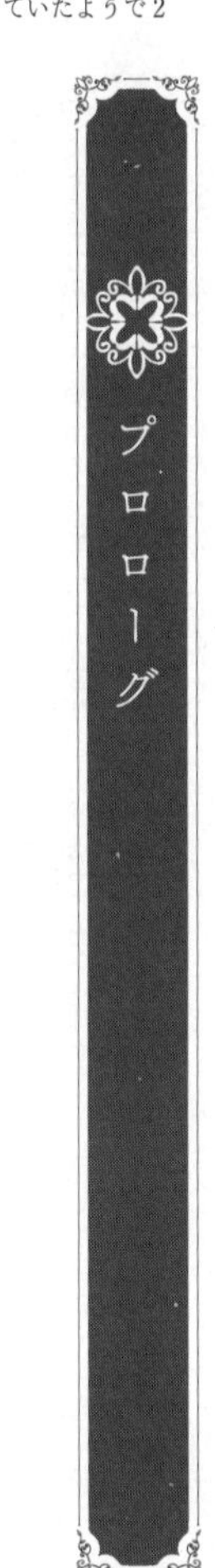

プロローグ

朽ちかけた祭壇に立つ美しい少年が手を掲げると、宙に巨大な水球が現れた。

少年はこの世界の創造神デミウル。世界の生みの親であり、世界を見守る者である。

デミウルの創り出した水球に、ここではない別の場所の風景がぼんやりと映し出された。

守護竜の像が見下ろす王宮の一画。王太子宮の庭園では、白いリコリスが咲き乱れている。その中心に建つ蔦のからまるあずまやで、一組の男女が見つめ合っていた。

宮の主である王太子ノア・アーサー・イグバーンと、その婚約者のオリヴィア・ベル・アーヴァイン。休日にふたりはひとときの逢瀬を交わしていた。

「ノア様……」

「どうした？　僕の可愛いオリヴィア」

「だ、だからそういう……」

「ん？　よく聞こえないな。もっと近くでその美しい声を聴かせてくれ」

「～もうっ！　だから、そういうのをやめてくださいと申し上げているのです！　恥ずかしくて死にそうです！　あとさっきから見つめられ過ぎて、顔に穴が開きそうですー！」

ベンチで横並びに座ったふたりだが、オリヴィアの手はノアに握られ、腰を抱き寄せられ、隙間なく密着していた。喋るときは耳元で、見つめるときは唇が触れあうほど近く。いまにも押し倒されてしまいそうな雰囲気に、オリヴィアは限界を感じ叫んでしまった。

昼下がり、太陽はまだ高いところで輝いている。先ほどから離れたところに控えている侍女やメイドたちの視線が気になって、居たたまれない。

だが人の視線に慣れ切った王太子が自重することはない。オリヴィアの頭に口づけを落としながら「見られたところで何か困ることでも？」としれっと言う。

「こういうことは、せめてふたりきりのときにするべきですっ」

「ではいますぐふたりきりになろうか？　僕の寝室まで抱いて連れて行く？」

「そそそそういう意味で言ったのではありません！」

「そういう意味ってどういう意味？」

にっこりと完璧な笑顔を作ったノアに、オリヴィアはじとりとした目を向けた。

「……ノア様、わかっていてわざと仰っているでしょう」

「バレたか」

「すぐそうやってからかうんですから！」

「からかっているわけじゃないよ。心から可愛がっているんだ」

照れ隠しにオリヴィアがノアの胸を叩くと、青い瞳がとろけるような甘さで見つめてくる。だめだ。この瞳に見つめられると、心も体も吸いこまれてしまいそうになってしまう。

唇が重なりかけたとき、強い風が吹いた。白い花びらが一斉に舞い上がる。

「わあ……！」

婚約式でのフラワーシャワーを思い出し、オリヴィアは自分たちの幸せを祝福されているように感じた。ノアは何やら「いいところで……」と苦々しげに呟いていたが。

古より火竜の守護を受けると伝えられるイグバーン王国にはいま、束の間の平和が訪れていた。つい最近、魔族の襲撃で王宮が一部瓦礫と化したとは思えないほどに。

一度目の人生で、聖女を害そうとした罪で牢に入れられ毒殺されたことは、それよりさらに遥か遠い過去に感じている。

創造神デミウルの憐れみにより、再び侯爵令嬢として二度目の人生を与えられてから様々なことがあった。時間を巻き戻すと同時にデミウルから贈られた、前世の記憶と毒スキル。それらを駆使し、再び毒殺される危機を乗り越え、なんとかここまで生き延びてきた。

同じく毒殺される運命だった王太子を救い、なぜか婚約者になってしまったり。聖女と勘違いされた揚げ句、ヒロインである本物の聖女の登場で偽聖女扱いされたり。一度目の人生と同じく聖女毒殺未遂の疑いで投獄されたかと思えば、今度は神子などと崇められるなど、想定外な出来事だらけではあったが……。

とりあえず、一度目の人生で自分を虐げてきた継母は魔族に体を乗っ取られ消滅した。義妹は聖女毒殺未遂の真犯人として修道院に送られ、侯爵家から脅威は去った。これからも細く長く生きるという目標は変わらない。

だがノアに出会い、ひとりで長生きするだけでは足りなくなった。隣にノアがいなければ意味がない。願わくは、ノアと一緒に生き延びて幸せな人生を送りたい。

そんなことを考えながらオリヴィアがノアと笑い合っていると、メイドがお茶を運んできた。ノアがそれに手を伸ばしたとき、オリヴィアの頭にピコーンと電子音が鳴り響く。

ハッとして、オリヴィアはノアの手を止めた。

「ノア様、飲んではいけません」

そっと首を振るオリヴィアに、ノアの笑顔が固まる。

「……まさか？」

「はい。その紅茶は——毒入りです」

きっぱりと言い切ったオリヴィアの姿が、水球から消える。

代わりに浮かんだのは小瓶を受け渡しする商人たち、次は魔物の増えた森、その次は魚が激減し変色した湖、荒廃した畑。

次々と切り替わる景色に、創造神デミウルは憂いの表情を浮かべた。

「穢れが急速に広がっている……」

呟く様子は、オリヴィアの知るマイペースショタ神とはかけ離れた姿だ。すべての生みの親として過去といまと未来を見通すデミウルは、慈愛と威厳に満ちた目をしている。

「デミウル様」

デミウルの傍らで水球を見上げていた白い神獣が、どこか不満げな、そして心配そうな声を上げた。

「オリヴィアに教えなくていいの？」

「いずれ嫌でも知ることになるよ。そういう運命だからね」

水球には、遥か上空から見たイグバーン王国が映し出される。

緑あふれる美しい景色だが、デミウルの憂いの表情は晴れない。

「過酷な運命を背負った少女よ……どうかイグバーンに救済を」

水球に再びオリヴィアの姿が映し出される。神として、人の世に深く干渉することの敵わないデミウルは、己の加護を与えた少女にそう願った。

それを見ていた神獣シロは（勝手に神子にされたオリヴィアにそんなこと願っても、神託みたいに声が届くわけないのになぁ）と、こっそりため息をつくのだった。

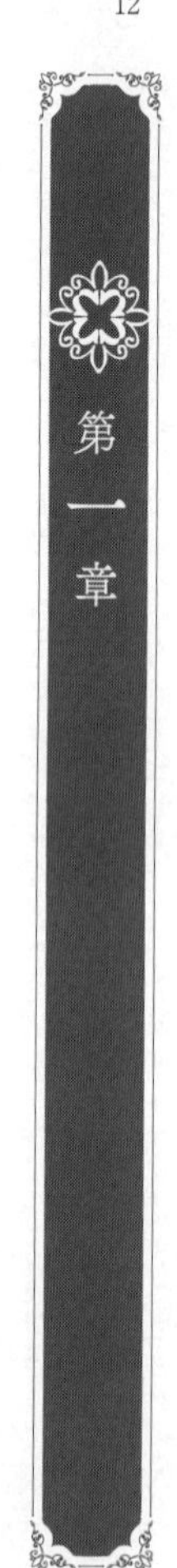

第一章

「私に専属騎士、ですか？」

ティーカップを置いたタイミングで思ってもみないことを言われた私は、まじまじと向かいに座るノアを見た。

「ああ。正式に僕の婚約者となったんだ。専属騎士はつけるべきだろう」

微笑む星空の瞳にパチパチと瞬きを返し、納得する。私と一緒に父を王太子宮の応接室に呼んだのは、そういうことだったのか。

私の隣に座る父・アーヴァイン侯爵は無表情で「必要性はあまり感じませんが」とノアに冷たく返した。

「殿下と婚約したとはいえ、オリヴィアはまだ学生の身分です」

「逆だろう、侯爵。学生であっても、オリヴィアはイグバーン国王太子の婚約者という、重要な立場になったんだ」

「しかし王立学園の警備は万全であり、王都の屋敷にも腕の立つ衛兵を配置しております。外出時は私の選出した護衛をつけておりますし、専属騎士などなくとも問題ないのでは？」

父の発言に、いつの間に護衛などつけていたのかと驚いた。王宮の馬車を使うときには騎士がもれなくついてきたが、私用で出かけるときも知らないうちに守られていたのか。

「……というか、私の専属騎士の話ですよね？　私の意見は？」

会話に入りづらい空気ではあったけれど、構わず口を挟む。前世アラサーの私は空気を読むことも、敢えて読まないことも可能だ。自分のことなのだから、思ったことはきちんと言葉にすべきだろう。

だが、ノアも父も、ちらりと私を見ただけで、まるで聞こえなかったかのように「それで……」と会話を続ける。ひどい。婚約者を、娘を無視する気だ。

「問題ないと本気で思っているのか？　侯爵家の私兵と王宮の近衛騎士を同列に扱われては困るな」

「もちろん私も国に仕える騎士ですから、近衛騎士を軽んじているわけではございません。ただ、我が家の兵士たちをその辺の私兵と一緒にされるのは心外です。アーヴァインの兵士は私が自ら鍛えておりますので」

「ほう。第二騎士団団長殿自ら鍛えているから、近衛騎士には負けないと？」

ノアから笑顔が消える。部屋の温度が一気に下がった。

ハラハラする私を他所に、父の態度は変わらず落ち着いている。

「少なくとも、私やオリヴィアへの忠誠心と献身は比べるまでもありません」

「王宮近衛騎士には忠誠心が足りないと言うのか」

「すべての近衛騎士が信用に足る人間か、というのが問題です」

婿と舅（予定）が互いに一歩も引かず、バチバチと火花を散らしている。

毎度のことながら、もっと仲良くできないものか、とは思うものの、これもふたりなりのコミュニケーションなのかもしれない――と、いうことにしておく。そのほうが平和だ。

「……わかった。本来なら未来の王太子妃の騎士隊を作りたいところだが、まだ学生であることと、成婚には至っていない点を考慮し、専属護衛騎士はひとりのみとすることで手を打とう」

そう言ってノアが息をつくと、ピリピリとした空気が霧散し柔らかくなる。

王太子から婿に立場を変え、一歩引いたように感じた。

「ひとりなら、わざわざ騎士をつけることもないのではありませんか」

「学園内に出入りできる騎士をつける」

「それは、学生……ということですか。見習い騎士では、それこそあまり意味がないのでは。学園の衛兵で事足りるかと」

「衛兵こそ信用ならない。王妃の息がかかった者もいるだろう。実際、先日の聖女毒殺未遂の際も、僕の制止や言い分を聞かずオリヴィアを連行したのは衛兵だった」

ノアの言葉に、父が押し黙る。

あのとき問答無用で私を拘束した衛兵は、王妃側の人間だったらしい。王妃の手が及ばない場所など、この国にはないのだろう。彼女に金と権力がある限り、つまり王妃という立場である限り、私やノアはいつ如何なる場所でも危険と隣り合わせなのだ。

「人柄、実力ともに申し分ない人物がひとり思い当たる。僕がここまで譲歩したんだ。侯爵もひとつ、僕を信用し任せてくれないか」

「……殿下にそこまで言われてしまっては、私もこれ以上意地を張るわけにはいきません。承知いたしました。ただし、殿下の選出された者が信用できないと判断したときは――」

「そのときは、成婚に至るときまで、オリヴィアの護衛に関しては侯爵に任せよう」

ノアと父が頷き合うのを見て、ようやく私も肩から力が抜けた。

「私の意見は……まぁいいか」

なんとか話がまとまったらしい。正直私も、専属護衛騎士なんて仰々しいものは必要ないと思っていたけれど、ノアの言い分ももっともだ。

ノアは王太子として忙しい身であり、学園にいないことも多い。学園内ですら安全ではないのだから、ひとりくらい信頼できる味方に常に傍にいてもらうのもいいかもしれない。

（私にはシロがついているから大丈夫、って言いたいところだけど……）

ちらりとソファーの後ろを見ると、だらしなく床に寝そべり惰眠を貪っている神獣様がいた。その白い腹はぽっこり膨らみ、横にはデトックスクッキーの食べこぼしが散らばっている。

働きたがらない怠惰な神獣は、やるときはやるが、やらないときはまったくやらない。つまり、当てにするのは危険だということだ。

その専属騎士が、信用できる人物ならいいなと思う。王族ではなく、私に忠誠を誓ってくれる騎士であれば、この上なく心強い。私が生き延びる確率もぐんと上がるはずだ。最近は聖女セレナと普通に接触してしまっているので、気を付けなければ。

セレナや第二王子のギルバートなど、乙女ゲーム【救国の聖女】の登場人物や攻略対象キャラとは、極力接触を避けなければいけない。それが私が生き延びるための道だ。だが神子という肩書を名実ともにつけられてしまったいま、聖女との関わりを断ち切るのは難しい。

（それに……セレナって本当にいい子なのよね。主人公らしく健気で一生懸命で可愛いし）

私を慕ってくれているのに冷たくするのは心苦しいし、私もセレナとは仲良くしたいと思っていた。

一度目の人生と同じく、聖女の世話はギルバートがしている。私がギルバートを狙わず、聖女に嫌がらせをしなければ、悪女断罪ルートには入らないはずだ。そうやってセレナ以外のゲームキャラとの接触を控えれば、何事もなくやり過ごせるにちがいない。

（でも、ルートと言えば、結局ヒロインのセレナはどのルートを選ぶのかしら……？）

私がイレギュラーな行動をしたせいで、明らかに一度目の人生とはちがう展開になっている。ゲームの時系列とも大きなズレが生じていた。ここからは本当に、どんな出来事が待っているのかわからない。

いまのところセレナはギルバートルートに入っている気もするが、そうならない可能性もある。他のルートについても考慮しなければならないとは思うのだが、なぜか最近前世の記憶、特に【救国の聖女】に関する部分が曖昧になっているのだ。霞がかかったようにぼんやりとして、上手く思い出せないことが増えた。

そもそも、セレナはギルバート以外の攻略対象者とすでに接触しているのだろうか。

「オリヴィア？　どうかした？　君も専属騎士をつけるのは不満なのかな」

「いえ……真面目な方だといいなと思っただけです」

「真面目か。その点は安心してくれて構わないよ」

ノアに微笑まれ「良かった」とにっこり返す。

ゲームでは登場することのなかったノアの為にも、細かなイベントなどを洗い直して不安要素は取りのぞいておきたいところなのだが……。

成長するにつれ過去の記憶を忘れていくのは、ある意味正常なことなのだろうが、私は一抹の不安を覚えるのだった。

私の護衛として専属騎士をつける話がまとまり、父が仕事に戻っていったので、私も王太子宮をあとにした。

元々、今日は王宮で約束があったのだ。ノアに「もう少しふたりきりでゆっくりできないか」と捨てられた仔犬のような目で言われたが、先約を破るわけにもいかない。

それに約束の相手が聖女セレナだと言うと、なぜかノアは仔犬からすぐさま猛禽類の目になった。聖女とお茶をするだけなのだが、自分を優先してもらえなかったのが気に入らないのだろうか。

「聖女の貴賓室まで送るよ。ついでに聖女に挨拶しておこう」

セレナはいまも聖女として王宮の一室を与えられ、そこで生活している。シモンズ子爵家では警備の面で心許ないのと、国を挙げて聖女をもてなすことで、創聖教団を牽制しているのだ。

教団としては聖女の身を教団に移し祀り上げたい。王室としては聖女と婚姻を結び権威を盤石なものとしたい。教団は王室の権力の及ばない不可侵の神域扱いなので、ふたつの勢力は敵対し合っているとまではいかないが、良好な関係とも言い難いのだ。

ちなみに私も神子として教団が接触したがっているらしいが、ノアが全力で阻止してくれている。さすが業火担同担拒否。

「私ひとりでも大丈夫ですよ？　ノア様は政務でお忙しいでしょうし」

「オリヴィアを安全に送る使命より、重要な政務などないよ」

「むしろ重要な政務しかないのでは……」

ノアはにっこりと笑顔を見せたが、星空の瞳は笑っていなかった。

こういうときのノアには、素直に従うに限る。何せ私の強火担から業火担に恐怖のランクアップをした男なのだ。下手に突っぱねるとどんな暴挙に出るかわからない。

「最近学園を休むことが多くてすまない。寂しい思いはしていないかい？」

「ノア様のお立場では仕方がありません。すでに国王陛下のお力になっているノア様は、本当にご立派だと思います」

「オリヴィアに褒めてもらえるのは嬉しいが……」

王宮の回廊に差しかかったところで、ノアがぴたりと足を止める。

私もつられて立ち止まれば、不意にあごに指をかけられた。

「僕に会えなくて寂しい、と言ってくれるのを期待してたんだけどね？」

息がかかるほど近くで囁かれ、私は一瞬で顔が熱くなった。

「さ……寂しくは、もちろん……思っておりますが、その……」

こんなところで色気をだだ洩れにしないでほしい。心臓に悪い。

　ドキドキしすぎて上手く答えられずにいると、回廊の奥からこちらに歩いてくる人影が見えて、慌ててノアの胸を押し返した。

「ノ、ノア様。誰かがこちらに来ます」

「そんな邪魔者の存在なんて、気にしなくていいよ」

　私の腰を抱き寄せ、益々密着してくるノア。業火担の辞書には自重という文字はないのだろうか。

　さすがにそろそろ怒るべきかと思ったとき、甘い空気を切り裂くような冷たい声がした。

「気にしなくていい、とは聞き捨てなりませんね」

　淡々とした声に、ノアが顔を上げる。私もノアの視線を追うと、私たちの前にひとりの男性が立っていた。

　彼を目にした瞬間、私は自分の心臓が止まったように感じた。

　そこにいたのは、印象的なモスグリーンの髪に、銀縁の眼鏡をかけた若い男だった。私たちとそう変わらない年齢の男が、眼鏡の奥で琥珀色の瞳をスッと細める。細い鼻筋、薄い唇、尖り気味の顎。整ってはいるが神経質そうなその顔立ちには、嫌というほど見覚えがあった。

「何だ。君か、ユージーン」

　そうだ。彼の名前はユージーン。

ユージーン・メレディス。王家に連なるメレディス公爵家の嫡男で、私たちの通う王立学園の二年生だ。

一度目の人生でも彼には度々遭遇した。聖女に仇なす害虫として、いつも私のことを鋭利な視線と辛辣な言葉で苛んだ。私が悪役令嬢だから仕方ないのかもしれないが、正直私はユージーンが苦手だった。

「オリヴィア、紹介しよう。彼はユージーン・メレディス公子だ。先日、王太子補佐として僕の側近になったから、これから顔を合わせることも多くなるだろう」

「……え？　そ、側近、ですか？」

先の聖女毒殺未遂事件の際、側近候補の貴族子息たちはノアの意向を尊重せず、私を蔑ろにし、ノアの傍から排除しようとした。その為ノアの逆鱗に触れ、側近候補たちは選考対象外となり、新たな候補を選出し直すことになったという話は聞いていたが――。

（ノア様の側近、思いっきり攻略対象者じゃん……！）

笑顔の裏で、私は白目を剝いて倒れたい気分だった。

ユージーン・メレディスは乙女ゲーム【救国の聖女】のメイン攻略対象者のひとりだ。腹黒鬼畜眼鏡キャラとしてコアな人気はあったものの、そういったタイプが好みでなかった私は、彼の攻略を後回しにしてしまっていた。

（なんでユージーンがノアの側近に？　逆行前は、ギルバートの側近だったのに！）

そう、ユージーンはギルバートの側近で、後の宰相候補と言われていたのだ。だからゲームでもギルバートが後見する聖女との接触が多かった。それなのに、聖女とあまり接点のないノアの側近になっては、好感度アップイベントが起きにくいではないか。

王太子の側近、という肩書は変わらないかもしれないが、乙女ゲームのシナリオ的には破綻する可能性もある大変革だ。これも私のせいなのだろうか。私が一度目の人生とはまるで違う道を切り開いてしまったからなのか。

私のせいでユージーンルートが消滅してしまったのだとしたら……。

(申し訳なさすぎて、メレディス公爵邸に足を向けて寝られないわ)

「ユージーン。彼女はオリヴィア・ベル・アーヴァイン。アーヴァイン侯爵の溺愛するひとり娘で、僕の最愛の婚約者だ」

「存じ上げております。神子オリヴィア様ですね。お噂はかねがね。私はメレディス公爵家が嫡男、ユージーンです。以後お見知りおきを」

胸に手を当て頭を下げながら、心のまるでこもっていない挨拶をするユージーンに、私は「よろしくお願いいたします」と短く返すのが精いっぱいだった。

おかしい。私はもう聖女に嫌がらせをしたり毒を盛ったりする愚か者ではないのに、ユージーンは相変わらず害虫を見るような目を私に向けている。私が悪役令嬢オリヴィアだから、何もしなくても彼には嫌われる運命なのだろうか。

「ユージーンは現宰相の息子で、本人もいずれ宰相にと期待されている優秀な男なんだ」

「お褒めに与り、光栄です」

「この通り、冷めて見えるが意外と優しいところもあるんだ。嫌わないでやってくれ」

「それは、もちろん――」

「だからと言って、好きになるのもダメだよ？」

ぐいと顔を近づけ、そんなことを言うノア。笑顔だが、目が笑っていない。

「そんなことになったら、また僕は一から側近候補を選び直さなきゃいけなくなるからね。嫌わず、好きにもならず、あくまで普通で頼むよ」

「ふ、普通、ですか……善処します」

普通、というのが一番難しい注文だと思うのだが、どうしたものか。好きにも嫌いにもならないためには、距離をとっておくのが正解な気がする。

なるべくユージーンを視界に入れないようにし、会話も必要最低限にしよう。

「ユージーンも。もし君がオリヴィアに邪な思いを抱いたとしたら……」

ノアの作り笑顔の輝きが五割ほど増した。比例して圧が、支配者のオーラが強まり、辺りから空気を奪っていくように感じた。

「公爵家もろとも、この国から消えることになるから、気をつけてくれ」

「……肝に銘じます」

ユージーンは無表情のままだったが、声に緊張の色が滲んでいた。

私はユージーンが苦手だけれど、思わず彼に同情してしまう。私の業火担には、本当に気をつけてほしい。家もろとも国から消えるというのは、たぶん冗談ではない。

挨拶が済むと、ユージーンは逃げるように去っていった。遠ざかるモスグリーンの髪を見つめていると、ふと疑問が湧いてくる。

(メレディス公爵って、逆行前は王妃率いる貴族派じゃなかったっけ？　だから息子のユージーンがギルバートの側近になった流れだったはず……)

いまは貴族派ではないのだろうか。ユージーンは、本当にノアの味方なのだろうか……？


「お待ちしておりました、オリヴィア様！」

ノアと別れ聖女の貴賓室に入ると、満面の笑みのセレナに出迎えられた。

紫みのある暗い青のドレスは、修道服を模したような、露出のほとんどないデザインだ。一見素朴な衣装に映るが、よく見ると繊細なレースがふんだんに使われ、金糸の刺繍は派手ではないが恐ろしく緻密だ。王家の本気を見た気がして、私は内心震えた。

「ごきげんよう、セレナ様。お待たせしてしまい大変申し訳ございません」

「いいえ！　全然待ってませんから、お気遣いなく……って、いまお待ちしておりましたって、私が言ったんですよね」

恥ずかしそうに笑うセレナに、私は悪役令嬢にもかかわらずキュンとしてしまった。

さすが乙女ゲームの主人公、性別問わず虜にする愛らしさだ。これはさぞかしギルバートもメロメロになっていることだろう。

そういえば一度目の人生でも、聖女以外は目に入らないような溺愛ぶりだった。なぜか二度目の人生では、聖女との婚約話を拒否したそうだが、今ごろ後悔しているのでは――。

「遅いぞオリヴィア」

不意に部屋の奥から低い声がして驚いた。

今まさに頭に思い浮かべていた相手が、ソファーでふんぞり返っている。なぜギルバートが、と言いかけたが、彼は後見役として、学園でも王宮でもセレナの面倒を見ているのだ。まさか聖女の部屋で、我が物顔でくつろぐほど距離を縮めているとは思わなかったが。

(やっぱりギルバートルートなのかしらね……)

「あら、いらっしゃったのですか。ギルバート王子殿下にご挨拶申し上げます」

「堅苦しい挨拶はいい。それより、俺を待たせるとはいい度胸だな？」

あんたを待たせた覚えはないし、そもそも約束もしていない。

そんな気持ちをこめて睨むと、なぜかニヤリと笑われた。いちいち腹の立つ男だ。

「すみません、オリヴィア様。オリヴィア様とお茶会をするので、お引き取り願ったんですけど……」

「構いません。おふたりの仲がよろしいようで、安心いたしました」

私がにこりと笑って言うと、ふたりは不満げな顔でお互いを睨み合った。

「別に仲が良いわけではありません」

「そうだぞ。仕方なく世話をしてやってるだけだ」

「でしたら止めてくださって結構ですよ？　自分の面倒くらい自分で見られますから」

「作法のさの字も知らないくせに、よく言う」

「ちょ、ちょっと、おふたりとも……？」

なぜ言い争いになるのか。ギルバートが後見についたことで、ふたりの距離は縮まったのではないのか。

「私は元々平民ですから。こんな無作法者が王宮に住むのはふさわしくないので、すぐにでも出ていきます」

「ここを出てどこに行く気だ？　子爵家はお前を受け入れてはくれないぞ。王家に逆らうわけにはいかないからな」

「そうやって簡単に権力を振りかざすのが、王宮での作法なのですね！　私にはとても無理なので、やはり出ていきます。修道院ならどんな人間でも受け入れてくれ――」

いや、修道院はいちばんまずいだろう。

私はこの良くない流れを断ち切るために、強く手を叩いてふたりを止めた。

「とりあえず！　……お茶にいたしませんか？」

いったん落ち着こう、と私が言えば、ふたりは不満げな顔をしながらも渋々了承してくれた。だがお互いを睨み合うのも忘れない。ケンカするほど、というやつなのだろうか。

「今日はお茶会のためにこちらの菓子をお持ちしました」

メイドが私が持参したデザートをテーブルに並べると、セレナが目を輝かせた。

「わあ！　なんて綺麗なお菓子！」

苺にキウイ、オレンジにブルーベリーと色鮮やかな果物が固められたゼリーは、宝石箱のように綺麗で目に楽しい。やはり女子会に見た目の良いお菓子は必須だろう。

「フルーツのデトックスゼリーです。冷たいうちに、早めにいただきましょう」

シロにゼリーの箱に魔法をかけてもらい、ずっと冷やしていたのだ。働きたがらない怠惰な神獣だけど、食に関することなら誰より積極的に動いてくれる。ちなみに本人（本犬？）はゼリーを完食した後姿を消した。

「フルーツは食物繊維が豊富ですし、カリウムも多く含まれているのでデトックスにぴったりなのです。ビタミンたっぷりで美肌にもなれますし、健康にも美容にも良いなんて、最高ですよねぇ」

「……これは黒くないんだな」

うっとりしていた私にギルバートが水を差してきた。

ゼリーの載った皿をしげしげと眺めるギルバートを睨む。

「炭は使っておりませんので」

「ということは、黒いゼリーもあるのか？」

「ある……と言ったらどうされるのです？　召し上がりますか？」

「いや。以前のクッキーより食べるのに勇気がいりそうだ」

「ご安心ください。作る予定はないので」

あからさまにほっとした顔をするギルバートに、鼻で笑ってやりたい気持ちになっていると、セレナが「あの……」とおずおずと声をあげた。

「おふたりは、昔から親しくされているんですか？」

「まさか。親しそうに見えます？」

心外だ、と私が目を見開くと、セレナはなぜか空笑いを見せた。

「はい。前から、おふたりは仲がよろしいんだなとは思っていたんです」

「セレナ様、それはまったくの誤解です。ギルバート殿下とは、学園に入学して初めてお会いしたんですから。そうでしょう、ギルバート殿下？」

「数年前、こいつから毒かと疑うほど黒いクッキーをもらったことがあるだけだ」

しれっとそんなことを言うギルバート。私は信じられない気持ちで目の前の男を見た。

秘密をこうも簡単にバラしてくれるとは。やはりこの男、好きになれない。

今度本当に炭ゼリーを作って送りつけてやろうかと思っていると、セレナが小さくため息をついたのがわかった。何食わぬ顔でゼリーを口にしているギルバートを見ては、もの悲しげに視線を落とすことを繰り返している。何だこの気まずい空気は。

「ええと……そ、そうだ！　先ほど、回廊でユージーン公子にお会いしました。セレナ様は公子にお会いしたことはございますか？」

「ユージーン公子、ですか？　先日、たまたま王宮で会ってご挨拶しただけですが……。私たちの、ひとつ先輩に当たる方ですよね？」

「そのようですね。セレナ様は、公子に会って何か感じられました？」

「何か……整ったお顔立ちの方ですよね。でも私は、ちょっと怖そうだなと思いました」

「確かに、冷たさを感じるほど綺麗なお顔をされていますね」

セレナが怖いと感じるなら、ユージーンルートはなさそうか。いや、だがユージーンはゲームでは最初聖女に冷たく当たるが、ストーリーが進むごとにどんどん甘さを出していくキャラだ。ついでにヤンデレ感も出すが。最初と最後のギャップのあまりの高低差に、悲鳴を上げて失神するユーザーも出たほどだ。油断はできない。

「お前はああいうのが好みなのか」

突然ギルバートが私にそんなことを言うので、「は？」と素で聞き返してしまった。

「兄上も知的で冷たい印象があるもんな」

「何か誤解されているようですが、私はユージーン公子にそういった興味があるわけではございません。ただ、ノア様の側近になったと紹介を受けたので聞いてみただけです」

ギルバートはソファーに背を預け、面白くなさそうに息をつく。

「そうらしいな。まあ、妥当な選択だろう」

「そうでしょうか。私は、公子はギルバート殿下の側近になるかと思っておりました。だって彼は確か……」

「公子の母である公爵夫人が母上と懇意だったらしいが、夫人が亡くなってからは、メレディス公爵はお前のところと同じ中立派なはずだ。俺と兄上、どちらの側近になってもおかしくはないが、有能な男だから王太子の側近になるだろうと、前々からわかっていた」

「そう、なのですか……」

つまり、逆行前はノアが亡くなり、ギルバートが王太子だったからユージーンが側近についていたということか。それならば、ユージーンは王妃の回し者ではなく、ノアの味方ということになる。本当にそれが真実であれば。

私が考え込んでいると、ギルバートが不意に立ち上がった。ふと皿を見ると、ゼリーは綺麗に完食している。

「邪魔をしたな。俺はもう行く」

「それはそれは、残念です」

本当に邪魔だからさっさと出ていけ、という気持ちをこめて言うと、ギルバートはじっと私を見下ろしてきた。

何か嫌味を言ってくるかと思ったが、ギルバートの口から出たのは「気をつけろ」という私を案じる言葉だった。

「最近、貧民地区だけでなく貴族街でも治安が悪くなっていると報告があった。お前は事件を引き寄せる体質のようだから、重々注意するんだな」

まるで捨て台詞のように言うと、ギルバートは貴賓室をあとにした。

（変なフラグを立てて行かないでよね……）

私は内心げんなりしながら、残されたセレナと顔を見合わせ、笑顔を作るのだった。

白い湯気に包まれた天井を見上げ、ため息をつく。

侯爵邸の離れに神獣シロ様が作った、ありがた～い温泉に浸かりながら、私は今日回廊で会ったユージーンのことを考えていた。

攻略対象キャラであるユージーンは、すでに聖女と接触していた。ゲームでは学園で出会うはずのふたりが王宮で出会っていたのは想定外だが、重要なのは今後の展開だ。

ユージーンルートでどんなイベントが起こり、分岐によってどういう結末に行き着くのか。それがわかっていれば対処はできる。ギルバートルートのように、卒業間近のイベントが突然先に来てしまうというとんでもないイレギュラーが起きる可能性もあるが。

　さて、ユージーンルートはどんな流れだったか――。

「……待って。どういうこと？　ユージーンルートが全然思い出せない」

　驚いて身を起こすと、顔に乗せていたキウイたちが次々と湯に落ちた。

　料理で使わなかった果物の切れ端で、フルーツパックをしていたのだ。ああ、もったいない。いや、いまはそんなことよりもルートについてだ。なぜ思い出せないのか。

「前世の私が腹黒鬼畜眼鏡キャラがあんまり好きじゃなくて、やりこんでなかったから？　でもギルバートもそんなにやってないけど、はっきりルートは覚えてたのに……」

　ユージーン・メレディスという攻略キャラがいたことは覚えている。公爵家の嫡男で、知的で冷たいキャラだということも。最初こそ感じの悪い態度だけれど、どんどん主人公に甘くなっていくのが特徴だということも。ついでにヤンデレみがあることも、だ。

　だがそれ以外のルートや設定など細かな部分が、霞がかかったようにぼんやりとして、上手く思い出せない。

「嘘でしょ……じゃあ、他のキャラは？」

　ギルバートとユージーン以外のキャラはどうだ。確かあと三、四人いたはずだ。

だがどうだろう。思い出そうとすればするほど、前世の記憶にかかった霞は、霧のように濃くなっていく。

「～～～～っ！　何で思い出せないの⁉」

『んぶっ⁉』

私が叫ぶと同時に、それまで温泉に浸かりながら居眠りしていたシロがドブンと沈んだ。

『ゲホッ！　も～何だよオリヴィア。びっくりしたよぅ』

「ちょっとシロ！　どうなってるの⁉　前世のことが思い出せなくなってるんだけど！」

シロはきょとんとした顔で首を傾げる。

『前世の記憶が思い出せないって、デトックスについて忘れてるってこと？』

「え？　……ううん。デトックスのことは覚えてるけど」

『だよねぇ。オリヴィアがデトックスのこと忘れるわけないよねぇ』

良かった良かった、と再びまったり湯に浸かろうとするシロの尻尾を慌てて摑む。

『んぎゃっ！』

「全然良くないわよ！　デトックスのことは覚えてるけど、乙女ゲーム【救国の聖女】のことが上手く思い出せないの！」

『わわわわかったから、尻尾はやめてぇ～っ』

尻尾が弱いらしいシロは、涙目で暴れ浴槽の端へと逃げた。じとりと私を睨みながら

『僕は何も知らないよぅ』と恨めしそぅに言う。

「本当に？　デミウルから何も聞いてないの？」

『聞いてないってばぁ。嘘ついてどうするのさ』

「じゃあ……最近デミウルに会ったりしてる？」

シロは呼べばすぐに現れるけれど、いつの間にか姿が見えなくなったりもする。普通の精霊は呼び出されているとき以外は、精霊界にいるという。だがシロは精霊ではなく神獣だ。神獣なら、普段は神の傍にいるのではないだろうか。

私の知らないところで、デミウルとこの世界についての重要な話をしているのでは。そう疑った私の前で、シロはスイ～っと平泳ぎをし始めた。

『オリヴィアはデミウル様に会いたいのぉ？』

犬かきじゃないんかい、なんてツッコミはしない。絶対にするものか。

「は……？　会いたいかってそれはもちろん――」

私はそのとき、これまでデミウルと会ったときのことを思い浮かべた。最初の出会いは、逆行前の人生の終わり。毒を盛られ北の古塔で死んだときだ。二度目は確か、ノアに盛られた毒を代わりに口にしたとき。三度目は魔族の毒にやられたときだった。

全部毒で仮死状態に陥っているときにデミウルに会っている。つまりデミウルに会うということは、私が死にかけるということだ。

「……正直、会いたいかって聞かれると、答えは〝いいえ〟ね。毒で死なないとは言っても、好き好んで仮死状態にはなりたくないわ」

『死なないならいいんじゃないって思うけどなぁ。いいよ。じゃあ、デミウル様にオリヴィアが会いたがってるって言っとく』

「待って。その言われ方はなんだか癪に障るから、確認しなきゃいけないことがあるからそっちから会いに来いって言っておいて」

『ええ～？　面倒くさいなぁ。人間て妙なことにこだわるよねぇ』

シロは平泳ぎしながら文句を言っていたが、とりあえずデミウルへの伝言は引き受けてくれた。なんだか誤魔化された気がしないでもない。デミウルとシロ、ふたりで私に何か隠していることがあるのでは。いや、考えすぎか。

しばらく疑いの眼差しでシロを見ていたが、平泳ぎから今度は背泳ぎまで始めた神獣を見ていると、考えるのもバカらしくなってきて思考を放棄した。

念のため、まともな方法で会いに来い、と言えばよかったと後悔したのは、温泉でのほてりがすっかり冷めた頃。明かりを消し、眠りにつこうとしていたベッドの中だった。

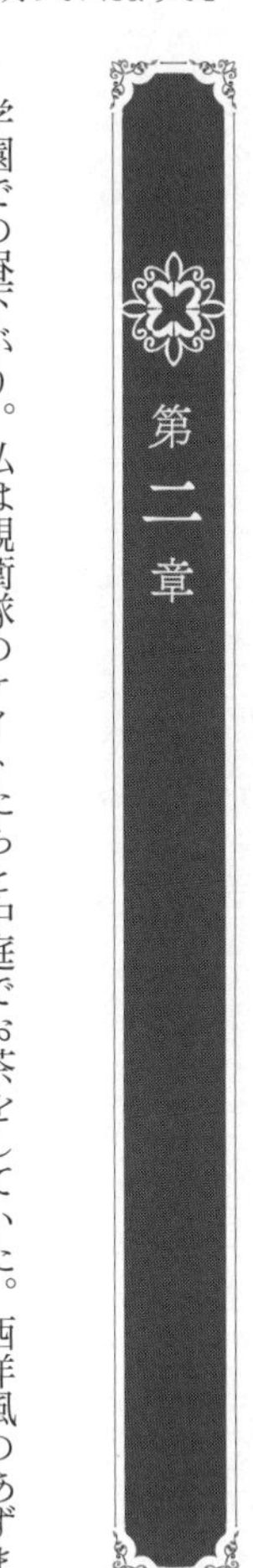

第二章

学園での昼下がり。私は親衛隊のケイトたちと中庭でお茶をしていた。西洋風のあずまやの下で、可愛らしいご令嬢たちとティータイム。なんて優雅で平和なひとときだろう。

「オリヴィア様。これは紅茶でしょうか？」

「紅茶のような色ですが、渋みがほとんどございませんね」

「これはルイボスティーよ。おっしゃる通り、渋みがなくほのかな甘みがあって、体を若々しく健康に保つ効果があるの。ミネラルも豊富でデトックス作用の高いお茶よ。今回はビタミンたっぷりのローズヒップとブレンドして、美肌デトックスティーを目指してみたの」

ルイボスは前世では特別な環境でしか育たない植物だったので、この世界でも茶葉として扱われていると知り驚いた。前世の世界に寄せているのか、ショタ神の計らいかは知らないが、デトックスに使えるものなら何でも利用させてもらう。

ケイトたちは私の説明に「デトックス！」「美肌！」と喜んでいる。私の地道なデトックスの布教の成果は、親衛隊の令嬢をはじめ、着実に広がっていた。

「これを飲めば、私もオリヴィア様のように美しくなれるでしょうか」

「さすがにそれは難しいと思いますけれど、少しでも女神の美貌にあやかりたいですわね」

「本当に。あやかれなくても、オリヴィア様の教えてくださるお茶はいつも美味しいです。セレナ様もご一緒できれば良かったのに」

「仕方ありませんわ。セレナ様は聖女としてあちこちで引っ張りだこですもの」

セレナは本当に私の親衛隊に入ってしまった。聖女が神子の親衛隊員になるのはどうなのだ、と思ったのは私だけのようで、ケイトたち他の親衛隊員はセレナを歓迎し、一隊員として扱っていた。

セレナも嬉々として親衛隊活動に参加しているが、聖女とお近づきになりたいご令嬢からの誘いも多く、親衛隊の茶会に不在なことも多い。「オリヴィア様とご一緒したかったのですが……」とうるんだ目で残念そうに言うセレナだが、交友関係が広がりそれはそれで楽しそうに見える。

「そうね。人気者の聖女様を私たちが独占するのは申し訳ないわ」

主人公には主人公らしく人気者になってもらわなければ、と思って私が言うと、なぜかケイトたちが慌て出す。

「もちろんオリヴィア様も大変な人気者です！」

「え？」

「その通りですわ！　オリヴィア様の人気は、聖女様を凌ぐ勢いなのですから！」

「ええ……？」

「ただ、皆畏れ多すぎてオリヴィア様にお声がけするどころか、近づくこともできずにいるだけです！」

「そんなまさか……」

「もし女神様が降臨されたら、その神々しさに直視することも憚られ、私ども愚民はただただ平伏するばかりになりますでしょう？　そういうことです！」

いや、どういうことだ。私は女神ではなく悪役令嬢。平伏される立場では絶対にない。

「いいのよ。私にはあなたたちのような、素敵なお友だちがいるんだもの」

「お、オリヴィア様……！」

ケイトたちが感極まったような声をあげたとき、中庭に現れた人がいた。

「ノア様？」

私の視線を追った親衛隊たちは、ノアの姿を見てそろって席を立つ。

ノアの後ろにはユージーンの姿があった。早速側近として学園でもそばについているようだ。何やら随分と不機嫌な顔をしているように見えるが、気のせいだろうか。

「すまない。邪魔をしたな」

ノアが親衛隊たちに声をかけると、ケイトが代表して「とんでもない。私たちは下がらせていただきます」と頭を下げた。

「いや。すぐに済むからそのままで構わない。オリヴィア。紹介したい者がいるんだ」

「私に、ですか？」

「ああ。先日、専属騎士について話をしただろう？」

もう決まったのかと驚いていると、ノアたちの後ろからひとりの男子生徒が姿を現した。

上級生らしく、長身で体格が良い。艶のある短い黒髪に、琥珀色の涼しげな瞳。印象的なのは、右目が黒い眼帯で覆い隠されていることだ。

研ぎ澄まされた刃のような美丈夫と目が合った瞬間、私は雷に打たれたような衝撃を受けた。運命を感じたとか、一目惚れ、なんて意味ではない。私の衝撃の理由は——。

「彼はヴィンセント。第一騎士団長ブレアム公爵の子息で、学生の身ながらすでに騎士として叙任されている実力者だ」

眼帯の彼はノアから紹介されると、騎士らしく胸に手を当て頭を下げた。

「お初にお目にかかります、神子様。ヴィンセント・ブレアムと申します」

慇懃に挨拶をするヴィンセントに、私は白目を剝いて倒れたくなった。

(専属騎士も攻略対象者なんかい……！)

呪われた騎士と呼ばれるヴィンセントは、乙女ゲーム【救国の聖女】の攻略対象キャラのひとりだった。前世ではギルバートとユーザーの人気を二分する勢いだったヴィンセント。かく言う私もヴィンセント派で、ヴィンセントルートは一番やりこんだ記憶がある。

(それなのに、今の今まで彼のことを思い出せずにいただなんて、信じられない)

信じられないのは現在のヴィンセントの立場もだ。ゲームでも逆行前でも、ヴィンセントは主人公である聖女セレナの専属騎士だった。悪役令嬢の専属騎士では決してない。

ユージーンに続いてヴィンセントまで、聖女ではなく私の傍に来るのか。これはまさか創造神の陰謀か何かなのでは。それとも私の毒殺エンドへの序章、もしくはフラグなのか。

私は極力関わらないようにしようとしているのに、攻略対象のほうから次々駆け足でやってくる。一体どうしたらいいのだろう。

「ヴィンセントをオリヴィアの専属騎士にしたいと思うが、どうだろう？」

「な、何と言ったらいいのか。その、大変光栄なこととは存じますが……」

「彼では不満かい？」

「い、いえ！　不満などというわけでは！　ただ……とても才ある方だと聞いておりますので、私などの護衛には勿体ないのでは、と」

悪役令嬢の騎士ではなく、主人公の騎士であるべきだ。聖女の騎士、という肩書がヴィンセントにはしっくりくる。

いや、でもこれでヴィンセントとセレナの接点がなくなれば、ギルバートルートはほぼ確定ということになるのではないか。いやいや、まだ登場していない攻略対象キャラはいるはずだから、そうとも言い切れない。だがしかし……。

私が悩んでいると、おもむろにヴィンセントが目の前で跪いた。

ケイトたち親衛隊が「キャッ」と妙に嬉しそうな声を上げる。私はというと、予想外の彼の行動に固まってしまった。

「不肖の身ではありますが、誠心誠意神子様にお仕えする所存です」

そう言うと、ヴィンセントは私の手をとり、甲に自分の額をそっと押し当てた。

今度は悲鳴と言っていい声が親衛隊たちから上がる。私も悲鳴を上げて倒れたい。

騎士が相手の手の甲に額をつける行為には、忠誠を誓うという意味がある。つまり、たったいま、私は攻略対象キャラに忠誠を誓われてしまったのだ。悪役令嬢なのに。悪役令嬢なのに！

「どうか、御身をお守りする栄誉を」

凛々しく美しい騎士に上目遣いで懇願され、私ができたのは――。

「よ……よろしく、お願いいたしますぅ……」

涙を堪えながら了承することだけだった。それ以外いったい何が出来ただろう。

すぐに私の業火担が「触れすぎだ」とヴィンセントの手を払いのけたが、ヴィンセントは気にした様子もなく立ち上がり、早速無言で護衛の位置についた。そういえば、ゲームでも彼は寡黙キャラだった。

少しずつではあるが前世の記憶を思い出せたことにほっとしていると、ノアの後ろで控えていたユージーンが、ヴィンセントをじっと見ていることに気が付いた。

呪われた騎士を見つめるその目は、恐ろしく冷たい色をしていた。


馬車が侯爵邸に停まり、扉が開かれる。

私に手を差し出したのは、右目を眼帯で覆った無表情の騎士。その手を取り馬車を降りると、出迎えてくれた侯爵家の使用人たちが揃って驚きの表情を浮かべていた。

何だろうあの顔は。単純に驚いているというより、もっと複雑な感情が含まれているように見える。焦り、不安、疑り……そんな感じだろうか。

専属騎士になったヴィンセントが原因なのは間違いない。だがヴィンセントの凛々しさや美しさに驚くならまだしも、そういった様子でもなかった。

戸惑いながらタラップを下りると同時に、執事長が歩み出てきた。

「お帰りなさいませ、お嬢様」

「ただいま、執事長。お父様にご相談したいことがあるのだけど、まだ出仕中よね？」

「はい。お帰りは晩餐前の予定でございますが、お嬢様がお会いしたがっていると報せを出しましょう。きっと早めにお戻りになりますよ」

「そこまでしなくていいわ。お仕事も大切だもの」

「左様でございますか。……ところで、こちらの騎士の方は？」

モノクルの向こうの瞳が、ヴィンセントを捉えて光る。

騎士は護衛の任務がある場合、勲章をつけることで学園内でも帯刀が許される。制服姿でも一般生徒との違いは一目瞭然なので、執事長にもヴィンセントが騎士であることはすぐにわかったようだ。

「こちらはブレアム公爵のご子息、ヴィンセント卿よ。学園の先輩なのだけれど、ノア様の推薦で今日から私の専属騎士として護衛についてくださることになったの」

「……よろしく頼む」

ノア様の決定だと伝えると、執事長他、使用人全員があからさまにほっとした顔をした。

まさか、私が浮気をしているとでも思ったのだろうか。

(冗談じゃないわ。浮気なんてしたら、業火担の婚約者が何をしでかすか……)

とりあえず、この王都は火の海になるだろう。王都だけで済むかは疑問だけれど。

想像してゾッとする私の前で、執事長とヴィンセントが挨拶を交わしている。ついでに私専属の、執事のフレッドとメイドのアンを紹介し、侯爵邸を案内することにした。

ヴィンセントはホールから食堂、応接間、私室、庭園、どこを見ても「把握しました」

「問題ありません」としか言わず、シロが離れに作った温泉を見ても顔色一つ変えなかった。温泉は王宮にもないほど贅沢な造りなので、少しは驚くだろうと期待したのだが。

　ヴィンセントの表情筋は死んでいるのかもしれない。本気でそう思ったのだが、そのあとヴィンセントが唯一反応を示したものがあった。

　庭園を見渡せるテラスで、四肢を投げ出し日向ぼっこをしているシロに出くわしたときだ。ヴィンセントは思わずといった風に足を止めた。

「ああ、丁度良かった。ヴィンセント卿。これはうちのシロです」

「飼い犬ですか。大きいですね」

「いいえ。神獣です」

　ヴィンセントは洟提灯をふくらませて眠るシロをじっと見下ろしたあと、無表情のまま私を見た。

「……これが？」

「はい。これが」

　スピスピ鼻を鳴らし『もう食べられないよぅ～』と寝言を呟くシロ。

　ヴィンセントはもう一度シロを見下ろし、ひとつ頷いた。

「神獣のことは聞いていましたが……想像とは少々違ったので」

「ええ、そうでしょうね。わかります」

　普通、神獣と聞いて想像するのは、もっとこう神々しかったり、麗しかったり、凛々しい雰囲気の獣だろう。だが実際のうちの怠けもの神獣はというと、狼というか大きい仔犬……というかポメラニアン。想像と現実のギャップにがっかりすること請け合いだ。

何だか申し訳なく思っていると、屋敷の中が騒がしくなったことに気がついた。

ほどなくして現れたのは、王宮に出仕しているはずの父・アーヴァイン侯爵だった。

「お父様！　お帰りなさいませ。こんなに早く、何かあったのですか」

まさか執事長がこっそり連絡を入れたのでは、と予想しながら尋ねると、父はいつものように私を抱きしめ「ただいま」と囁いた。

「予定より仕事が早く片付いただけだ。気にするな」

にこりと父が言ったが、目が笑っていない。

絶対嘘だ。執事長に報告を受けて、慌てて帰ってきたのだ。間違いない。

「ところで……ヴィンセント卿。君が娘の騎士に選ばれるとはな。王太子殿下から聞いたときは驚いたよ」

「俺も驚きました、アーヴァイン侯爵閣下」

びっくりのびの字も知らないような顔で言うヴィンセントに、父の笑顔が益々凍る。

「……そうだろうとも。君はまだ学生の身だしな。学生といえば、学業と護衛の両立は難しいだろう。そこで提案だが。君は娘の学園内の護衛にのみ専念してくれ。この屋敷での警備や送迎は、当家の兵が担うので問題ない」

役割分担と言えば聞こえがいいが、要するに父は、ここではお前は必要ないと言い切ったようなものだ。だがヴィンセントはまるで動じず、さらりと返した。

「俺は夜もこちらで護衛させていただくつもりです」

父のこめかみがピクリと動く。

「……それは、我が家に住みこんで護衛をする、という意味か？」

「専属騎士なので」

「却下だ。嫁入り前の娘、しかも婚約者がいるのに、年も身分も釣り合う男をそこまで近くに置くことはできない。大体、王太子殿下はそこまで指示をしたのか？」

「殿下には、護衛任務の詳細については侯爵と相談するようにと」

そうだろうな、と私も、恐らく父も思っただろう。

あの業火担な婚約者が、私と他の男が二十四時間ともに過ごすことなど許すはずがない。それがたとえ騎士であってもだ。複数人いるならば交代制となり話は別だが、今回はヴィンセントひとり。あらぬ噂が立っても困るので、私も住みこみは反対だ。

「であれば、やはりヴィンセント卿には学園での護衛を頼みたい。卿は騎士だが、同時にブレアム公爵のご子息でもある。王太子殿下の婚約者となった娘と、寝食をともにするのがまずいということはわかるだろう」

父の言葉にヴィンセントはしばらく黙っていたが、やがてコクリと頷いた。

「わかりました。ですが学園内と限定されると任務が遂行し難い」

「では外出時とするか」

「お出かけになる時から侯爵がご帰宅される夜まで。ただし外出時は夜でも随行の許可を」

あの父の牽制を受けてもなお、ヴィンセントは己のペースを保持したままだ。

クールなのかマイペースなのか。はたまた空気が読めないだけなのか。何にせよ強い。

「まあ、そのあたりが妥当だろうな。オリヴィアも、それで構わないか」

「私は構いませんが……ヴィンセント卿は、それではあまりお休みになれないのでは?」

交代要員がいないのに、成り立つのだろうか。

そんな私の心配をよそに、ヴィンセントは問題ありませんと短く答える。クールというか真面目というか何というか。まるで感情のないロボットのようだ。

ときおりヴィンセントがじっとシロを見ているのが気になったが、当の怠けもの神獣は昼寝から目覚める様子もなく、気持ちよさそうに洟提灯をふくらませ続けたのだった。

日が完全に沈みきった頃、私はヴィンセントを見送るために屋敷の外に出た。

ヴィンセントの黒い髪を見上げ、ノアとはちがうなと思う。ノアは青空を反射させたような青みがかった黒髪だが、ヴィンセントは夜の闇にとけそうな深い色の黒髪だ。

「父がごめんなさい、ヴィンセント卿」

ヴィンセントが振り返り、不思議そうに私を見下ろす。

何のことだ、とその左目が言っていた。

「父の態度です。別にあなたの実力を疑っているとか、嫌っているなどということはありません。ただ、娘の私を心配しているだけなので、誤解しないでいただきたいのです」

「わかりました」

あまりにあっさりと返されると、逆に疑わしく思えてしまう。

「……本当に？　何も気にされていません？」

「ええ。特に何も」

無表情で言い切るヴィンセント。本当に何も感じていないのか、遠慮をして言わずにいるのか、まったく判別ができない。彼はいつでも、誰といてもこうなのだろうか。私が悪役令嬢オリヴィアだから、というわけではなく。

「ヴィンセント卿。最近、何かで笑いましたか？」

「……笑う？」

「ええ。おかしくて笑ったり、嬉しくて笑ったりしたこと、最近ございました？」

私の問いに、ヴィンセントは訝しがる様子もなく、素直に考えていた。どういう意味があるのか問うこともしない。

「……記憶にありません」

「最近は一度も笑っていないと？」

「最近というか、過去に笑った記憶がありません」

これは表情筋が死んでいるというより、感情がないと言ったほうが正しいのでは。

乙女ゲーム【救国の聖女】でも、ヴィンセントはこんな淡々とした男だっただろうか。

寡黙で落ち着きのあるミステリアスなキャラだったはずだが、なんというかこれは――。

「では、ヴィンセント卿のご趣味は？」

「特に何も」

「何も、ということはないでしょう？　空いた時間にすることとか」

「空いた時間……鍛錬をします」

真顔で返され、一瞬「そういうことじゃない」とツッコんでしまいそうになった。

「それは……趣味とは言えませんね。では休日は何をされていますか？」

「鍛錬をしています」

「……趣味と言ってもいいかもしれませんね」

何だか目の前にいる人が、本当にロボットのように思えてきた。もしかして、何を考えているのかわからないのではなく、何も考えていないだけなのではないだろうか。

「では、好きなものは？　食べ物や、集めているもの、音楽など何でも構いません」

「甘い物は、よく食べます」

今度はすぐにまともな答えが返ってきた。

あら意外、と私は内心驚きながらヴィンセントの声に耳を傾ける。

「あとは……動物が好きです」

「動物？　ああ、だからシロをじっと見ていたんですね」

そういうことかと納得し、私はシロを呼び出した。

黄昏の中現れたシロは、くあっとあくびをしながら着地する。

『おはよぉ～オリヴィア』

「もう夜だけど。いつも食べるか寝てるかなんだから。益々太るわよ」

『寝る子は育つんだよぉ』

どこで覚えてきたのか、そんなことを言うシロ。それ以上大きくなるつもりだろうか。

そのままごろりと寝そべりかけたシロだが、自分をじっと見下ろしてくるヴィンセントの存在に気づき、びくりと体を震わせた。

「シロ？」

慌てて私の後ろに隠れるシロ。顔を見ると、鼻にシワを寄せてヴィンセントを警戒しているようだった。いまにも唸り声を上げげそうだ。

「どうしたのよ。ヴィンセント卿に失礼じゃない」

「構いません。昔から動物には嫌われる性質なので」

淡々と答えるヴィンセントに、私は首を傾げる。

「それなのに、動物が好きなのですか？」

「はい。眺めているだけで充分です」

甘い物が好き。動物が好き。黙って護衛として立つ姿はぼんやりして見えなくもない。見た目に反して、実は子どものような人なのではないかと思えてきた。

「そうですか……。なんとなくわかる気がします」

ついクスリと笑ってしまった私をじっと見たあと、ヴィンセントは不意に「お気をつけください」と言った。

唐突すぎて、私はパチパチと瞬きを繰り返す。

「気をつける？」

「たとえご自宅の中であってもです」

「何か気になることでも？」

「王妃の動きが怪しいと、王太子殿下がおっしゃっていました」

ヴィンセントの言葉に、頭に王妃の毒々しい笑みが浮かび鳥肌が立った。

あの恐ろしい人が再び動き始めたのか。ノアや私を消すために。

以前、屋敷の裏の森で、殺されそうになったことがあった。だが王妃と通じていた継母や義妹はもういないし、父は見張りを増やしてくれた。使用人は身元のはっきりしている者たちばかりだし、いまのところ脅威はないはずだ。そう信じたい。

「わかりました。学園内でも、ひとりにならないよう気をつけます」

「俺がお守りします」

無表情だが真っすぐに見つめられそんなことを言われると、一瞬ドキッとしてしまう。さすが攻略対象キャラ。しかも前世もっとも好みのタイプだった男。色んな意味で油断できない。

「は、はい。ヴィンセント卿の実力は、信頼しております」

なんとか笑顔を作ってそう答える。ヴィンセントはやはり感情のない顔でひとつ頷くと、頭を下げた。

「それではまた明日」

「ええ。お気をつけて」

黒い愛馬に軽やかに跨ると、ヴィンセントは颯爽と夜の道を駆け、闇に溶けるようにして去っていった。去り行く後ろ姿までイケメンだった。

蹄の音が遠ざかると、ようやくシロが警戒を解いて前に出てきた。

『あれ誰ぇ？』

「ヴィンセント卿よ。私の専属騎士になったの。シロはどうしてそんな不快極まりない、みたいな顔してるの？」

『だってあいつ、嫌～な臭（にお）いがするんだよぅ』

前脚（まえあし）で器用に鼻をふさぐシロに首を傾げる。私は匂いなんてまったく感じなかった。神獣（しんじゅう）も犬のように嗅覚（きゅうかく）が優（すぐ）れているということだろうか。

何か大事なことを忘れている気がするのだが、どうしても思い出せない。

私はもう一度ヴィンセントの去っていった方向を見つめ、モヤモヤした気持ちを抱（かか）えながら屋敷の中に戻（もど）るのだった。

いつもより早く目覚めた私は、朝日を浴びようとテラスに出て、思わず目を見開いた。

正門の前に馬がいる。昨日ヴィンセントが乗っていた黒馬だ。確かに、朝出かけるときから夜まで護衛するという話にはなったが、いったいいつから待っていたのだろうか。

「ちゃんと寝たのかしら……」

食事と睡眠（すいみん）はきちんととらなければ、護衛するほうが先に倒（たお）れてしまう。

あとで話をしないと、と思いながら踵（きびす）を返す。

「アン！　今日は少し早く出るから、準備を急いでくれる？」

「かしこまりました！　フレッド様にもお伝えしてきます！」

「お願いね」

パタパタと駆けていくアンを見送り、彼女が用意してくれたぬるめのデトックスティーを喉に流しこむ。

「さて。私も急ぎましょ」

朝食をとり、準備を終えて外に出ると、門前にはやはり黒馬と眼帯の騎士が待っていた。その立ち姿に、あまり朝の似合わない男だなと思う。無表情な横顔が、若干眠そうに見えなくもない。

「おはようございます、ヴィンセント卿」

「……おはようございます」

「随分お待たせしてしまったようで、申し訳ありません。しっかりお休みになりました？　明日からはどうぞ、ゆっくりお越しください」

ヴィンセント卿はぼんやりとした顔のまま、首を横に振る。

「元々、睡眠は短いほうなので」

「では、せめて屋敷の中でお待ちください。よろしければ、お茶や朝食を用意しますから」

話しているとノアが王宮の馬車で迎えにきたので、それに乗りこむ。王太子の護衛騎士たちに交ざり、ヴィンセントも黒馬で馬車のあとに続いた。

「ヴィンセントとは上手くやれそうかい、オリヴィア」

「ええ。とても真面目な方のようですし……」

というか、まるで忠犬のようで若干引いている。うちの神獣に見習ってほしいくらいだ。

「ただ、真面目すぎて心配です。父との話し合いで、護衛は朝出かけるときから父が帰宅する夜までとなったのですが、やはり学園内だけとしたほうが良いのではないかと……」

ノアはくすりと笑い、私の手を握った。

「まだ騎士を従えることに慣れないいんだね。騎士は自己管理ができる。ヴィンセントが大丈夫だと言っているんだろう？　それなら問題ない」

「だといいのですが……」

なんだかヴィンセントの場合は、感情が希薄なせいで、自分の限界にも気づかないのではと思ってしまうのだ。知らず体にダメージを蓄積していそうで心配だ。

彼にもデトックスを伝授したほうがいいかもしれない。ヨガも彼なら一緒にやってくれるのではないだろうか。無表情で難易度の高いポーズを決める姿、見てみたい。

「すぐに慣れる。王太子妃になれば、もっとたくさんの騎士がつくようになるんだ。騎士ひとりひとりの心配などしていたら、君のほうこそ身が持たないよ」

それはそうなのだろうが、いまだに自分が将来王太子妃になるという実感が持てない。騎士を何人も従える自分など、想像もつかないのだ。

逆行した当初は、田舎に引っ込んで平穏な生活を送ると意気込んでいたのに、いつの間にか真逆を行っている自分がいる。どこから間違えてしまったのだろう、と思う度、間違えたのではなく仕方ないことだったのだと自分に言い聞かせた。

ノアと出会ってしまった。彼を好きになってしまった。彼と一緒に長生きをして幸せに暮らしたい。その望みを叶えるためには、当初の望みは捨てなければならなかった。騎士を従えることに慣れるのも、ノアといるために必要なことなのだ。

「そうですね……早く慣れるよう努めます」

騎士に慣れるのは必要なことだとして、ヴィンセントでなければならないということはない。元々、シナリオ通りにいけばヴィンセントは聖女の護衛になるはずだった。逆行前も彼は聖女の専属騎士だったのだ。

確かギルバートもそうなのだが、聖女とともに成し遂げる重大なイベントがあったはずだ。攻略対象キャラなのだから、彼の真価は聖女の傍でこそ発揮される。悪役令嬢の私が彼を従えていても、宝の持ち腐れだ。なんとかして、彼をあるべき場所に返してやりたい。

「無理はしなくていい。僕が常にそばにいて守ることができたら、それが一番なのだけど」

「お忙しいノア様を独り占めはできません」

「独り占めしてほしいんだけどね、僕は」

顔を見合わせ、私たちは同時に小さくふき出した。

ノアの腕に抱き寄せられる。ゆっくりと降りて来た口づけに応えながら改めて思った。

ノアが好きだ。この穏やかな幸せが、いつまでも続いてくれたらいいのに。

口づけが終わり、しばらくするとノアが私を抱きしめたまま「ヴィンセントを常に傍に置いていてくれ」と固い声で言った。

「貴族派の動きが怪しい」

「ヴィンセント卿から聞きました。王妃が動き始めたのですか？」

「王妃は動いていない。いや、不気味なほど動きがないんだ。それが逆に怪しい。王都の治安が悪くなっていたが、王都外でも妙な空気が流れていると報告があった。しばらく調査で忙しくなると思う」

傍にいてやれずすまない、と謝られ私は首を振る。

「ノア様のお気持ちはわかっているつもりです。ノア様も、どうかお気をつけください。活性炭は常に持ち歩いてくださいね？」

「ああ。オリヴィア、もう君を危険な目には遭わせない。その為に僕は使命を果たそう。その間、ヴィンセントが僕の代わりに君を守る」

少し悔しそうに言ったノアに笑って、私は彼を抱きしめ返した。

「離れていても、ノア様の愛は届いています」

それはもう、重く激しく。とは、ノアが少年時代に戻ったような微笑みを見せたので言わずにおいた。

馬車の小さな窓から、黒馬で駆けるヴィンセントの姿が見えた。

とりあえず、彼を聖女と接触させれば何かしら変化があるかもしれない。私の命に関わるので物語を完全に戻すことはできないが、できる限り正しい流れに近づけよう。

ノアの腕の中で、私は改めて決意するのだった。

第三章

専属騎士というものは本当に常時傍にいるのだということを、私はここ数日で身をもって知ることになった。

ヴィンセントがずっといる。いない、と思っても必ずいる。大抵は私の斜め後方、不測の事態が起きてもすぐに剣が届くような位置にいる。

先ほど学園の敷地内にある演習場で、精霊魔法の実践授業をしていたところ、魔法の行使に失敗した生徒がいた。火魔法が暴走し火球が四方に放たれた瞬間、なんとヴィンセントが空から降ってきた。恐らく隣接する校舎から飛び降りたのだろう。ヴィンセントは私の目の前に着地すると、流れるように抜いた剣で飛んできた火球を真っ二つに切り裂いた。

私と同じく周囲の生徒はぼう然としていたが、やがてヴィンセントの華麗な剣さばきに歓声が上がり、演習場は拍手の音に包まれた。

お怪我は、と無表情の騎士に聞かれ、あなたこそ、と答えそうになったが、騎士にその返しは失礼だろうと笑顔で飲みこんだ。

ヴィンセントは何事もなかったかのように去っていったが、どこへ向かったのだろうか。

教室に戻るのか。いや、そもそも彼は授業を受けているのだろうか。まともに受けているとしたら、どうして私に向かって火球が飛んでくることがわかったのか。

いくら騎士としてすでに叙任されているとはいえ、授業を受けないのはまずいのでは。公爵家のご子息が落第したら、完全に私のせいである。考えるだけで胃が痛い。

「オリヴィア様、大丈夫ですか？」

「とてもお疲れのようですね」

昼食後、聖女セレナやケイトたち親衛隊に誘われ中庭を訪れた私は、あずまやの下のテーブルに着くなり大きなため息をついてしまった。

セレナたちに心配され、慌てて笑顔を作る。

「何でもないの。ちょっと気疲れしているだけ」

「もしかして、ヴィンセント卿のことでしょうか？」

小声で聞いてきたケイトに、苦笑いで頷く。

ヴィンセントの姿を捜すと、彼はあずまやから少し離れた位置に立ち、無表情で周囲に視線を巡らせていた。

「まだ専属騎士というものに慣れなくて……」

しなを作って言ってみる。自分でも似合わないなと思ったが、ケイトたちは力強く頷いた。

「それはとてもわかります！」

「え？」

「ヴィンセント卿のような素敵な男性が専属騎士だなんて」

「別の意味で気が休まらなそうですもの～」

「あー……」

ヴィンセントを見つめ頰を赤らめながら、キャッキャと盛り上がるケイトたち。

麗しの騎士様は聞こえているのかいないのか、無反応だ。

「四六時中ご一緒なのでしょう？」

「危ない輩から、ヴィンセント卿が身を挺して守ってくださる……」

「私でしたら、息もまともに吸えなくなりそうです！」

興奮するケイトたちに気圧されながら、私は納得した。

（なるほど。普通のご令嬢なら、ヴィンセントのような美形騎士に守られるとこういう風に思うわよね）

寡黙でミステリアス。美丈夫で身分も高く、すでに騎士として叙任されているほど才もある。年頃の令嬢たちにとっては憧れのひとりなのだろう。

「私、婚約者がおりますけれど、ヴィンセント卿が専属騎士になった日には、心が揺れてしまうと思います」

「わかりますわ」

「私もですわ」

とても彼女たちの婚約者には聞かせられない話だ、と苦笑いしていると、ケイトがハッとした顔で私を見た。

「もちろん！　オリヴィア様はそんなことはございませんでしょうけども！」

「えっ？」

「当然ですわ。なぜならオリヴィア様のご婚約相手は」

「イグバーンで一番美しく、聡明で尊いお方なんですもの～！」

キャーっとケイトたちが興奮したように叫ぶのを、私は複雑な気持ちで聞いていた。

確かにノアはこの国で一番素敵な男性だけれど――。

（実はすでに、ヴィンセントに何度も動揺させられちゃってるのよね、私……）

もちろん愛しているのはノアただひとりだ。だがこうも長い時間傍で守られていると、私の意思に反して胸が高鳴ってしまうことがままある。おまけにヴィンセントは無自覚に攻略対象キャラの魅力を振りまいてくるので、たまったものではない。

私がヴィンセントのかっこよさに何度もときめいているなんて知られた日には、業火担により王都は火の海と化すか、もしくは雷の雨が降り注ぎ壊滅するだろう。恐ろしいことに、これは比喩ではない。

「私にとって、ヴィンセント卿は忠実な頼れる騎士様ですから」

「ですよね！」

「存じておりましたわ！」

精一杯誤魔化す私に、ケイトたちは当然だとばかりに何度も頷く。このときめきは気の迷い。墓まで持って行こう。

ふと、セレナが笑顔のまま黙っていることに気づき、声をかけてみる。

「セレナ様はいかがですか？」

「え？　わ、私ですか？」

驚いたように私を見るセレナに笑って頷く。

「ヴィンセント卿のこと、どう思われます？」

先日セレナにヴィンセントを紹介したとき、ヴィンセントは無反応だった。

攻略対象キャラが主人公に会ったのだから、何かしら感じるものはあるはずなのだが、ヴィンセントがそれを表に出すことはなかった。会えばきっと、悪役令嬢の私ではなく、主人公のセレナを守りたくなるはずだと思ったのだが。

その後、セレナに会ってどうだったか、何か感じなかったかと尋ねたのだが、その時の会話を思い出すと何度でもため息をつきたくなる。

『……特に何も感じませんでしたが。要注意人物ですか』

『い、いいえ！　そういうわけじゃなく！　何というか、こう、運命的なものとか……』

『運命』

『ええ。運命』

私たちは見つめ合ったまま、しばらく沈黙した。何だか自分が言ったことがものすごく恥ずかしく思えてきた頃、ヴィンセントは再び首を横に振った。

『申し訳ありません。そういったものは信じていないので』

『あ……そうですか』

あの時はもの凄くがっかりした。それならセレナのほうはどうだろう。主人公と攻略対象キャラなのだから、お互い惹かれる何かはあるはず。そう思って聞いてみたのだが――。

「そうですね。素敵な方だと思います。ちょっと恐そうですけど……」

「えっ。そ、そうですか？　そんなことはないと思うのですが」

（ヒロインまで攻略対象キャラに何の反応もない、だと……？）

更なる動揺に顔が引きつってしまった。それを見たセレナが慌てて謝ってくる。

「すみません！　オリヴィア様の騎士の方に対して失礼でしたよね！」

「い、いいえ。騎士というお立場ですから、威圧感のようなものはございますよね」

申し訳なさそうなセレナをフォローし、その後はヴィンセントのことを話題にするのは止め、デトックスやメイクの話で盛り上がった。

ヴィンセントは聖女を気にするどころか、終始無表情で宙を見ていた。

運命は信じない、というヴィンセントの言葉にも私は諦めなかった。

何とかふたりの接点を増やそうと、ここ数日セレナをお茶に誘い、学園の移動の際も彼女と行動するようにした。だが一向にセレナもヴィンセントも互いを意識する様子がない。

私というイレギュラーのせいなのか、ギルバートルートに確定したということなのか。

「シロ。どっちなの？」

次の授業までの空き時間、教室で私が呼ぶと、足元に寝そべった状態で現れたシロは、面倒そうな目で私を見上げた。

『知らないよぅ。デミウル様に聞いて～』

「そのデミウルが全然現れないから聞いてるんでしょ。デトックス料理、食べたくないの？」

『その聞き方はズルいよぅ。ほんとに知らないから答えられないもーん』

ゴロンゴロンと床を転がったあと、シロは勝手に消えてしまった。

デミウルの所に行ったのだろうか。シロが仲介役になって色々教えてくれればいいのに。

ひとりため息をついたとき、隣にセレナとギルバートが座った。

「オリヴィア様、元気がないようですね。王太子殿下がいらっしゃらないからですか？」

「そんなことで？　お前、そこまで兄上に依存しているのか」

ギルバートに呆れたように言われ、ムッとしてしまう。

「いえ。ノア様のことではなく……」

ちらりと廊下に目をやる。やはり出入り口のところに立つ、黒髪長身の後ろ姿があった。

「ああ。ヴィンセント卿ですか？　専属騎士にまだ慣れていないとおっしゃっていましたもんね」

いや、あなたとヴィンセント卿の関係に悩んでいるんです。と正直に言えたらいいのに。

「は？　騎士の存在がそこまで気になるものか？」

益々呆れたような顔をするギルバート。この男は本当に感じが悪い。

「生まれたときから騎士に護衛されている殿下には、わからないのでしょうね」

つい私も感じ悪く言い返すと、ギルバートは気にした様子もなく私に指を向けてきた。

「お前だって、アーヴァイン侯爵家の嫡女だろ。護衛のひとりやふたり、いたはずだ」

「そうかもしれませんけど……」

物心つく前、母が生きていた頃はそうだったかもしれない。だが、継母が来てからは離れに軟禁されていた私に、護衛はいなかった。父と和解してから護衛はつくようになったが、専属というわけではない。

「かもしれない、とはどういうことだ」

「昔のことは、あまり覚えていないので」

何せ実の母に関する記憶すら少ないのだ。騎士について覚えているはずもない。

私が素っ気なく返すと、セレナがギルバートを肘で突いた。

「何だ」

「もう！　ギルバート様ってばデリカシーがなさすぎです！」

プンプンと可愛らしく怒るセレナに、ギルバートは不可解だと言いたげな顔をする。

「なぜ俺にデリカシーがない、なんて話になる？」

「だから――」

「オリヴィアは専属騎士を重荷に感じているんだろう？　しかもヴィンセント卿たった一人に」

どことなく棘のある言い方だった。

ギルバートを見ると、怒っているわけではなさそうだが、何か言いたげな目をしていた。

「何がおっしゃりたいんです？」

「お前、婚約式も済ませたのに、未来の王妃になる自覚が足りないんじゃないか？」

ギルバートの言葉に、思わずといった風にセレナが首を振る。

「ギルバート様！」

「王妃、いや、王太子妃でもかなりの人数の騎士がつくことになる。たったひとりの騎士に慣れないなどと言っていたら、兄上も不安になるだろう」

痛い所を突かれ、私は何も言い返すことができない。

ノアも似たようなことを言っていた。王族にとって、騎士を従えるというのは至極当然のことであり、義務のようなものでもあるのだろう。

「私だって、聖女の自覚なんてまだありません！」

私をかばうようにセレナが叫んだ。

「癒しの女神の力もまだ上手く使えないし、聖女と呼ばれることにも慣れないんです。もちろん騎士様の存在にも全然慣れていません。オリヴィア様が戸惑われる気持ち、よくわかります」

テーブルの上でギュッと小さな手を握りしめるセレナ。その手をギルバートの大きな手が包んだ。

「選択肢のなかったお前とオリヴィアはちがうだろう」

「え……」

「お前は光の女神を召喚した時点で、聖女と確定してしまった。拒否することもできず、いまも王宮に強制的に留められている。自ら王太子妃になる選択をしたオリヴィアとはちがう。そうだろう？」

「ギルバート様……」

何やら突然いい感じの雰囲気に突入したふたりを、私は空気になったつもりで眺める。

（私も最初は半強制的にノアの婚約者になったんですけどね……）

だがいまは違う。最終的にノアとの婚約を選んだのは私だ。自分の意思でいまの立場を選んだのだ。だからやはり、私は覚悟が足りていないのだろう。ギルバートの言う通りだ。

まだ見つめ合っているふたりを見て、これはギルバートルートで確定かと思ったとき、教室が一瞬ざわめいた。ノアがユージーンを連れ教室に現れたのだ。

「ノア様？　今日は来られないかと思っていました」

「オリヴィア。なかなか会いに行けず、寂しい思いをさせてすまない」

私の目の前まで来ると、ノアは跪いて私の手を握った。

その仕草と王子様スマイルに、教室にいた女生徒たちが黄色い悲鳴を上げる。

「さ、寂しいとは言っておりません」

「寂しくなかった？　僕は君に会えないと、いつだって寂しいよ」

星空の瞳が切なげに揺れる。捨てられた仔犬のような目で見上げられると弱い。

「それは……私も、そうですが……」

周りからの生温い視線にハッとして首を振った。

「もう、何を言わせるんですか！　ここは教室ですよ！」

「僕はどこだろうと君へ向ける愛は惜しまないよ」

「少しは惜しんでください！」

業火担はもう少し自重すべきだと思う。

ドキドキする胸を押さえていると、ギルバートがこれ見よがしにため息をついた。

「我が兄ながら、よくこんな恥ずかしいことをスラスラと言える」

「素敵じゃないですか！　気持ちを言葉にするって大事なことですよ。言葉にしないと伝わらないことだってあると思います」

「俺には無理だな」

言い切ったギルバートに、セレナが少し悲しそうな顔をするのを見てしまった。やはりセレナはギルバートを意識しているのではないだろうか。

ふたりの様子を見ていると、まるでよそ見をするなというように、ノアが手を握る力を強めた。

「実は、このあとすぐ王宮に戻らなければならないんだ」

「そうなのですか……？」

お茶をする余裕もないらしい。本当に忙しいようだ。

残念に思っていると、ノアはなぜか嬉しそうに微笑んでから立ち上がった。

「ああ。今日はオリヴィアと……セレナ嬢。ふたりに話があって来たんだ」

「私たちに、ですか？」

ノアは顔を引き締め、ひとつ頷いた。

「王都治癒院から、神子オリヴィアと聖女セレナに慰問依頼があった」

「慰問……」

「依頼……？」

私とセレナは顔を見合わせる。どうやらお互い初耳のようだ。

「最近、ある共通する症状に苦しむ民が増えているらしい。ふたりにそれを回復させられるかは不明だが、神子と聖女に見舞ってもらえれば、病人たちも励まされるだろう」

どうだ、と問われ、私たちはもう一度顔を見合わせうなずいた。

「もちろん、行かせていただきます！」

「君たちならそう言うと思っていたよ」

ノアは礼を言うと、来たばかりだというのに早々に王宮へと戻っていった。まだ公務が残っているのだという。

無理をしていないだろうか。倒れてしまわないか心配だ。

教室を出る直前、ユージーンがヴィンセントを冷たい目で睨みつけていた。

授業が終わり学園を出ると、馬車で真っすぐ王宮に向かった。

ヴィンセントとともに王太子宮の応接室に入ると、そこで待っていたのはノアだけでなく、不機嫌顔のユージーンもいた。

ヴィンセントを睨みつけるユージーンは、憎悪の色を隠す様子もない。

「呼びつけてすまない。治癒院のことを詳しく話しておきたかったんだが、なかなか王宮を出られなくてね」

苦笑するノアの前には、書類の山がある。疲労の色の濃い彼の顔を見て、私はテーブルに着きながら首を横に振った。

「それは構わないのですが、私だけで良かったのですか？」

治癒院に行くのは神子と聖女、私とセレナふたりなのではなかったか。

ノアは言いにくそうに「念のためだよ」と答えた。

「彼女は立場上ギルバート側だからね」

「王妃のことを気にされているのですか？　でもセレナ様は……」

「聖女が善良であることはわかっているよ。だから、念のためだ。彼女は政治的な事情には疎いようだしね」

「それは……そうですね。用心するに越したことはありません」

セレナに隠し事をしているようで少し心苦しいが、彼女を宮廷のいざこざに巻きこまない為にも、詳しい内容は知らせないほうがいいのかもしれない。

侍女のマーシャが用意してくれたローズヒップのハーブティーを飲み、心を落ち着ける。

ローズヒップは便通改善・利尿作用のあるデトックスにぴったりのハーブだ。ビタミンCが豊富で体の免疫力も上げてくれる。酸味があるためハチミツも加えられていて、デトックス効果が更にアップしていた。お疲れのノアに適したお茶だ。さすがマーシャ。

「最近、王都内で事件が頻発していることは知っているかい？」

お茶を飲んでひと息ついたノアが、そう話し始めた。

「事件……あっ。そういえば、先日ギルバート様に、王都の治安が悪化しているから注意するよう言われました。そのことでしょうか」

先日、セレナとお茶の約束をしていて訪ねたとき、居合わせたギルバートに真面目な顔で言われたことを思い出した。

「ギルバートが……？」

ノアはユージーンと顔を見合わせてから、何か考え込む素振りを見せた。

「ノア様？」

「……いや、そうか。恐らくギルも知っていて、君に忠告したんだろう」

「忠告……。学園では治安の悪化など噂にはなっていないようですが、一体どのような事件なのですか」

ギルバートに言われてから、学園内でそういった話題を耳にしたことはなかった。そのため忘れかけていたのだが。

「貴族街でも被害があったから、これから噂になるだろう。簡単に言うと、変死、失踪が多発しているんだ」

「変死に、失踪ですか……？」

私が想像していたより、ずっと深刻な話だった。寒気がして自分の腕をさする。

ユージーンは私の反応を冷静な目で見ながら、手元の書類をめくった。

「報告が上がった王都内の事件は、先月だけで変死が十二件、失踪は四十七件です」

「そ、そんなに……？　変死というと、死因はわかっていないのですね」

「現在調査中、ということになっております」

淡々と答えるユージーンだが、含みのある言い方だった。

ノアをちらりと見ると、小さな頷きが返される。

「まだ確実な証拠がないだけで、確信はある。王都で連続している変死と失踪は、同じ原因で起きていると。そして、今回オリヴィアとセレナ嬢が治癒院を訪問することになった件も関係しているようだ」

「私たちにも関係があると？　一体どういうことなのですか？」

悪寒が止まらない。何だかとても、嫌な予感がするのだ。

ユージーンは更に書類をめくり、内容を読み上げていく。

「変死体はすべて、全身が石のように硬くなり、赤黒く変色していました。そして身寄りがない等で発見が遅れた遺体は、一部が崩れ風化したような状態になっていたそうです」

「風化……」

風化と聞き、頭に浮かんだのは継母の最期だった。

魔族に体を乗っ取られた継母は、魔族とともに崩れ消滅してしまった。私を狙う敵ではあったが、あの最期には同情する他なく、義妹の悲痛な叫びも思い出し、胸が痛くなる。

「このことから、僕とユージーンは失踪者のほとんどは、この風化によって遺体が消えてしまったのではないかと考えている。貧民地区や裏社会からは正確な数字など上がらないだろうから、実際の被害者はもっといると思っていいだろうね」

ソファーに背を預け、ノアは軽く天井を仰ぎながら言った。

「王都で、何が起きているんです……？」

「実は、被害は王都に止まらない。王国全土から情報を集めているが、王都近辺だけでなく、辺境の領でも似たような事例が見つかっている」

「しかも、ほとんどが貴族派、特に王妃の派閥の領でばかりなのです」

私は驚いて、ユージーンの顔をまじまじと見た。まさかここで王妃の名が出てくるとは。

「王妃派が被害に遭っていると？　では、今回はあちらの策略ではないのでしょうか……」

私の言葉に、ユージーンはノアをちらりと見る。

ノアは「それはどうだろう」と肩を竦めた。

「オリヴィアたちが治癒院の訪問を打診されたのは、同じ症状の病人が増えているからだ」

「同じ症状ということは、体が石のようになっていると？」

「体の一部分が石のように硬くなり、赤黒く変色する症状です。患部は徐々に広がっており、いずれ見つかった変死体のようになるのではないかと推測されます」

「そんな……」

生きながら、ゆっくりと自分の体が石になっていく恐怖を想像し、言葉が出なくなる。

同時に、頭の中に何か引っかかるものがあったが、それが何なのかはわからないままで、モヤモヤした気持ちにもなった。

「症状の進行には個人差がありまして、それについても調査中です」

「貴族にも被害が出ている。オリヴィア。どこに行くにも、絶対にヴィンセントを連れて歩くようにしてくれ」

手を握りながら切実な様子で願ってくるノアに、私は黙って頷くことしかできなかった。

私に気をつけろと忠告してきたギルバートは、詳細を知っているのだろうか。聞いてみたかったが、答えてはもらえないような気がした。

話が終わり王太子宮をあとにすると、ユージーンが庭園で呼び止めてきた。

「神子様。王太子殿下はああ言っておられましたが、騎士がこの男では何かと問題があるのではございませんか」

唐突にそんなことを言って、私から隣のヴィンセントに視線を移すユージーン。その瞳は憎悪に満ち、冷たい炎が揺らめいているように見えた。

「ユージーン様、それはどういう意味でしょう？」

私が問うと、ユージーンは一瞬意外そうな顔をした。そしてすぐに呆れと侮蔑を混ぜたようなため息をつく。

「お前、話していないのか」

ユージーンはヴィンセントに向かって問いかけた。

ヴィンセントは短い沈黙のあと「必要がなかった」と言った。その答えに、ユージーンはハッと乾いた笑いで頭を振る。

「お前のような半魔に護衛されていては、神子様も気が休まらないだろうに」

半魔。その言葉に、一気に頭の霞が晴れ、鮮やかな色が戻るのを感じた。

そうだ。乙女ゲーム【救国の聖女】でも、ユージーンとヴィンセントは犬猿の仲だった。特にユージーンはヴィンセントを半魔と罵り、忌み嫌っていた。

その理由は、ヴィンセントの眼帯の下にある。

思わずヴィンセントの顔をじっと見つめてしまう。寡黙な騎士は私の視線に気づき、そっと顔を逸らした。

「神子様。この男を信用しないよう、お気をつけください」

ユージーンは私にそう忠告すると、ノアの許へと戻っていった。

庭園に、私たちふたりと、気まずさを残して。


王太子宮から侯爵邸に戻り、私は自室でひと息ついた。

着替えてから部屋の外にいたヴィンセントを呼び、お茶に付き合ってくれとお願いする。

お茶と言っても飲むのは紅茶ではないのだが。事件について色々聞き疲労を感じていたので、そろそろ飲み頃だと思っていたアレを用意した。

「……これは、酒ですか？」

縦長のグラスに入った気泡を含むドリンクを見て、ヴィンセントが目をぱちぱちさせる。

「お酒ではありません。これは酵素シロップを使った、デトックス炭酸水です」

私がドヤ顔で紹介しても、ヴィンセントの表情は変わらない。まるでピンと来ていない様子で、黙って私の言葉の続きを待っている。本当に大型犬のような人だ。

「コホン。ええとですね、酵素というのは、私たちの体の代謝や消化を助ける働きをする大切な物質のひとつです。酵素は発酵によって増えるので、リンゴを発酵させシロップを作ってみました。これはそのシロップを炭酸水で割ったものです」

リンゴのスライスを砂糖で漬け、涼しい日陰に保管する。日に何度かスプーンでかき混

ぜることを一週間ほど繰り返し、細かな泡がたくさん出てきたら完成だ。

「便秘やむくみを改善してくれ、肌にも良いし疲労にも効きます。ヴィンセント卿は毎日私の護衛でお疲れでしょうから、ぜひ」

私が勧めると、ヴィンセントは恐る恐るといった風にグラスに口をつけた。

「……飲みやすいですね」

「良かった。お味はいかがです？　苦手ではありませんでした？」

「いいえ。美味しいです」

淡々と答えるとヴィンセントはしばらく沈黙したが、やがてグラスに視線を落としたまま口を開いた。

「もしかして。お気を遣わせてしまいましたか」

「え？」

「ユージーン公子のことです」

半魔、とヴィンセントを侮蔑したユージーンを思い出し、炭酸水をごくりと飲む。

「……随分と、敵意を持たれているなとは思いましたが」

特別気を遣ったわけではないが、気まずさはあった。ストレートに尋ねるのを躊躇うくらいには。

ヴィンセントはひとつ頷き、グラスを置いた。

「彼に憎まれるのは仕方ありません」

「ユージーン公子と、何かいざこざがあったのですか」

「彼は俺を、魔族の子だと思っているので」

おもむろに、ヴィンセントは私の目の前で黒い眼帯を外した。

現れたのは血のように真っ赤な瞳だ。まるで北の古塔で襲いかかってきた魔族のような。

驚きはない。王太子宮でユージーンがヴィンセントを半魔と言ったとき、私は靄がかかった記憶の底から、この赤い瞳を思い出していた。ヴィンセント・ブレアムは赤い瞳を眼帯で隠す、ミステリアスなワケあり騎士だったのだ。

だが思い出せたのはすべてではない。引き揚げられた記憶はまだ穴だらけだ。

「……右目が赤い原因は？」

ヴィンセントは黙って首を振る。

「母は病で息を引き取るときまで、神に祈りを捧げるような敬虔な人でした。魔族と密通するなどありえません。ですが、生まれた俺の目が赤かったばかりに……」

高位貴族の第二夫人だったヴィンセントの母親とヴィンセントは、家を追い出され平民に身を落としたそうだ。身に覚えのない不貞で夫も貴族としての生活も失った母親は、次第に臥せがちになり、そのまま亡くなったという。

ヴィンセントは平民として騎士となり、そこで剣の才を見出され、第一騎士団団長のブレアム公爵の養子となったそうだ。

「あなたの目が赤いことだけが、ユージーン公子に憎まれる理由ですか？」

「……彼の母親は、魔族に殺されているのです。彼を身ごもっていた時に」

母親が、魔族に。何か思い出せそうで、思い出せない。じりじりする。

「そして彼の姉は、目の前で母親が殺されたことで心を病んでしまい、寝たきりに」

「でも、あなたが殺したわけではないのに」

「しかし、彼は母親の死と姉の病は、俺のせいだと思っています」

「なぜそんな思いこみを……」

ヴィンセントは赤い目を伏せ呟いた。

「俺は、彼の異母兄なので」

（そ……そうだった——!!）

衝撃でイスから転げ落ちるところだった。

どうしてこんな重要なことを忘れていられたのだろう。前世でも【救国の聖女】ファンの間では、ふたりの関係がヘヴィすぎて、兄弟揃って闇深いと話題だったのだ。私はヴィンセントの、実父とユージーンに対する複雑な感情が垣間見える度、沼にずぶずぶハマっていった。ユージーンのあからさまな拗らせ具合にはあまり惹かれなかったのだが。

ヴィンセント推しだったのに、設定をすっかり忘れていた自分が腹立たしい。

これは記憶に関して早急にデミウルに話を聞く必要がある。ついでにお仕置きも必要か。

「神子様がご存じでないのも無理はありません。俺がメレディス公爵家の出だと知っているのは、養父とメレディス公爵、そしてユージーン公子だけなので」

ヴィンセントは眼帯をつけ直しながら言った。

黒い眼帯の内側に、何か紋様が刺繍されていたように見えたが、ブレアム公爵家の家紋だろうか。一瞬のことでわからなかった。

「俺を解雇しますか」

「え？　なぜです？」

「半魔の騎士など、お嫌では」

ヴィンセントは私と目を合わせようとせず、俯きがちに言った。

その姿が叱られるのをわかっている賢い犬のようで、胸になんとも言えない柔らかな感情が広がった。

「解雇などいたしません」

はっきりと私が告げると、ようやくヴィンセントは顔を上げた。

無表情だが、露わになっている赤い目には、戸惑いが浮かんでいるように見える。

「ヴィンセント卿は魔族ではありませんし、右目が赤いことは騎士としての実力に何の関係もありません。王太子殿下が信頼されたあなたを、私も信頼します」

「……俺がメレディス家の出身だと知る者は少ないですが、俺の右目が赤いことを知る者は多い。神子が半魔を護衛にしている、などと揶揄されることになるかもしれません」

「他の誰が何を言おうと関係ありません。あなたはあなたです」

自分の赤い右目と生い立ちに引け目を感じながらも、聖女を守る立派な騎士となったヴィンセントは、前世で最推しだったのだ。赤い目を含め、ヴィンセントはヴィンセントなのである。

つい前世のオタク魂が蘇り、力をこめて言ってしまい気恥ずかしさを感じたとき、目の前でゆっくりと、ヴィンセントが笑った。

微かな笑みだったが、無表情からの変化は衝撃的で、一瞬固まったあと私は重大なことを思い出した。同時に、自分がとんでもない失敗を犯したことも理解する。

(『あなたはあなた』って、主人公の聖女がヴィンセントに伝える選択肢の中でも、好感度爆上げのセリフじゃん……!)

悪役令嬢の私が言ってどうすんだー！

とテーブルをひっくり返して叫びたかった。だが一度放った言葉はもうなかったことにはできない。

内心頭を抱えて苦悶していると、ヴィンセントは席を立ち、おもむろに私の前に跪いた。

「不肖、ヴィンセント・ブレアム。オリヴィア・ベル・アーヴァイン様を全身全霊を以ってお守りすることを、創造神デミウルの名の下に誓います」

私の手の甲に誓いの口づけをしたあと、ヴィンセントはもう一度柔らかく微笑んだ。

（これ……主人公セレナが受ける聖なる騎士の誓い……！）

まさかの好感度アップイベントをクリアしてしまった私。

嬉しそうなヴィンセントの姿に、彼と聖女に心の中で何度も謝罪したのだった。

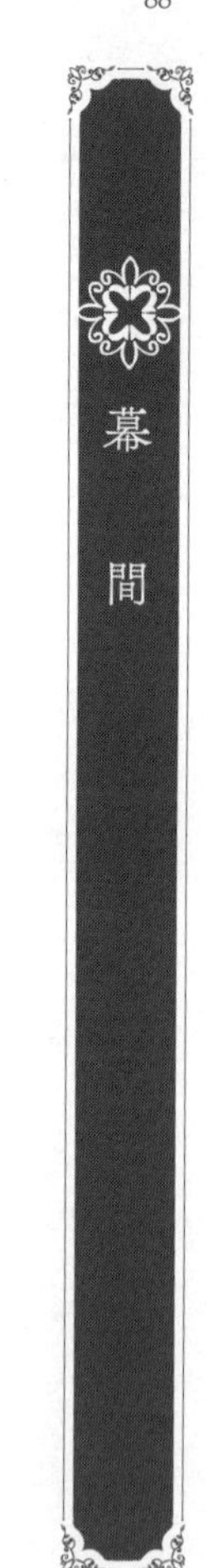
幕間

王妃宮にある、色とりどりの花が咲く温室。

その中心にあるテーブルを挟み、一組の男女が向かい合っていた。

豊かな白髭を蓄えた貫禄のある貴族の男は、イグバーン王国四大貴族の一角、ハイドン公爵。王家の流れをくむ家門でありながら、現国王とは対立関係にある貴族派の筆頭で、次期国王に第二王子を推すことを公にしている人物である。

もうひとりはこの温室の主である、イグバーン王国の王妃エレノア。シックなドレスに身を包んだ王妃は、艶やかな笑みを浮かべながらカップを傾ける。ハイドン公の苛立ちなど気にも留めない様子ではあるが、その内心は読めない。

「……近頃、王都で物騒な事件が続いているようですが、王妃様はお聞き及びでしょうか」

沈黙を破りハイドン公が尋ねると、王妃は「何のことかしら？」と小首を傾げた。

成人近い子どもがいるとは思えない、若さを保つ魔性の女。王妃の持つ毒々しいまでの美貌を目にする度、ハイドン公は薄ら寒いものを感じた。この女と子を利用して国政を牛耳ろうという己の選択は、本当に正しかったのかと自問したくなるほどに。

「この通り、私は王宮から出ることはほとんどありません。市井の事情には疎いのです」

まるで用意していたセリフのように淀みなく言った王妃に、ハイドン公は白々しい、と目を鋭くさせたが、王妃は気づいているのかいないのか微笑みを崩さない。

ピリピリとした空気が温室に満ちた。一見険悪とも思えるふたりだが、彼らは血の繋がりのある親子である。老いても雄々しいハイドン公とは、まるで似つかない美しい娘。しかし中身の食えなさは確実に自分譲りだとハイドン公は考えている。

自分の妻でありエレノアの母親は、いまはもうない小国の姫だった。見かけが美しいだけの、泣いてばかりで弱いお姫様。利用価値はあったがそれだけだ。エレノアは外見こそ母親に似たが、非常に狡猾で強欲だ。己の手で正妃の座を勝ち取るくらいには。

「……王太子が裏で事件を嗅ぎまわっているようです」

「あら。王太子自らが動くようなことが王都で？」

まるでいま初めて聞きました、とでもいうような王妃の態度。わざとらしいそれにハイドン公は顔を険しくさせる。

「王妃様は誰よりよくご存じなのでは？」

「どうかしら。心当たりが多すぎて」

冗談めかした王妃の答えに、ハイドン公は額に青筋を浮かべテーブルを叩いた。

ハイドンのカップが倒れ、テーブルに紅茶がこぼれる。

「いい加減にしろ、エレノア」

我慢ならないとばかりに、臣下から一気に父親の顔になったハイドン公。

だが王妃エレノアの毒のある微笑みは変わらない。父親の怒気にもまるで動じた様子はなく、余裕を感じさせる。それがまた腹立たしい。

「まあ、怖い。急にどうされたのです？」

「しらばっくれるな。手口を見ればわかる。王都だけでなく地方の至る所で被害を出すなど、何を考えている。国を潰すつもりか」

怒りで声を震わせるハイドン公をじっと見つめたあと、王妃はカップを置き「お父様」と呼び方を変えた。

同時に王妃の表情が変わる。毒のある微笑みは消え、底冷えするような冷たい顔を見せた娘に、ハイドン公は一瞬気圧されたのを感じた。

「至る所ではございません。場所は選んでおります」

当然だと言うような王妃の口調だが、ハイドン公は納得がいかない。被害が出ている地域はほとんどが貴族派の領地であり、ハイドン公にとってどこも重要な場所なのだ。

「……偏りがあるのはわかっていた。それには意味があると？」

「もちろんですわ」

きっぱりと答える王妃だが、それ以上語ろうとしない。味方である実の父にさえ口が堅い。面白くはないが、だからこそ信用できる。

実の娘ながら、誰より敵に回したくない存在だ。

「けれど、予想より早く王太子が勘づきましたわね」

「どうする気だ。そろそろ本気で消しにかかるか？　神子と婚約し、いま勢いづいているだろう」

「そうですわね。アーヴァイン侯爵令嬢をギルバートにあてがえなかったのが残念でした」

「神子などというあやふやな娘など必要ないだろう。それならば他国の姫を娶るほうが合理的だ」

他国の姫、とハイドン公が口にしたとき、エレノアの目が冷たく光った気がしたが、一瞬のことですぐに消えてしまう。

気のせいか、とハイドン公はすぐに意識の外に追いやった。

「他国から干渉されるような隙は作りたくない。そうおっしゃったのはお父様では？　だから聖女をギルバートの婚約者に、という話になったはずです」

「聖女はまだいい。建国史や歴史書に多く記載され、教団にも存在が認められている。だが神子などという存在は、過去一度も歴史上現れていないだろう」

ハイドン公爵家はイグバーン王国で最も古い家門のひとつだ。その由緒ある公爵家の当主であるハイドン公は、何より歴史を重んじる。

　そんなハイドン公を嘲笑うかのように、王妃は「アーヴァイン侯爵令嬢が有史以来の神子というだけでしょう」と淡々と答えた。

「それに聖女より尊い存在として、すでに認知され始めているようですし」

「では聖女をギルバートと婚約させることに意味はないと言いたいのか」

　再び怒りをあらわにするハイドン公に、王妃は口の端を歪めた。

　それが笑みだと気づくのに、ハイドン公は時間がかかった。

「聖女は神子がいなくなれば、最も尊い存在となりますわ」

　その言葉の意味に、ハイドン公はごくりと喉を鳴らした。

　恐ろしい娘だとは思っていた。必要とあらば実の親でもあっさりと切り捨てる非情な女だと。それどころか、王妃という地位を手に入れるため何人もの命を奪ってきたエレノアは、神すら畏れることはないらしい。

「王太子については、これまでもそれなりに本気でした。ですが存外しぶとくて」

「……だからわしが代わりに消してやると言ってきただろう。王宮内より学園が狙い目だな。もしくは移動時に事故に見せかけるか」

「ええ、いずれは。ですがいまはまだ、少し早いですわね」

　素っ気ない物言いに、ハイドン公の眉が寄る。

「少し早い？　一体わしをいつまで待たせる気だ。ギルバートが王位に就く前に天から迎えが来てしまうぞ」

「仕方ありません。お父様はご存じないかもしれませんが、美しい花を咲かせるにはしっかりと土を耕して、栄養をよく含ませねばなりませんのよ」

辺りの毒花たちに目をやりながら、王妃は嫣然と笑った。

温室に咲くどの花よりも、エレノア自身がいちばんの毒花だ。ハイドン公は実の娘をそう評価した。

「ではどうする。放っておくのか」

「そうですわね……ちょろちょろと動かれるのは目障りですから、わざわざ餌をくれてやることはないでしょう」

テーブルクロスに広がった紅茶の染みをじっと見下ろし、エレノアは小さく呟いた。

「毒が回りきる前に、〝あの子〟に処理を頼まないと」

実の父親がゾッとするほど冷たい目で笑った王妃は、これまでの会話などなかったかのように優雅にまた紅茶を飲むのだった。

第四章

私を迎えに来た王宮の馬車に乗っていたのは、ノアだけだった。

ユージーンは先に治癒院に向かい、ノアを出迎える準備をしているらしい。

私たちを乗せた馬車が動き出す。小窓からは、王太子の護衛騎士たちに交ざり、黒い馬に騎乗するヴィンセントが見えた。

「ノア様。治癒院では、ヴィンセント卿を外で待機させておいても構わないでしょうか」

私が尋ねると、向かいに座っていたノアは曖昧な笑顔を見せた。

「出来れば専属騎士は、常に傍に置いておくほうがいいと思うよ。治癒院で危険が及ぶことはほぼないだろうが……何かあった?」

「何かあったというか……」

中まで連れて行くと、何かがありそうだから言ったのだ。

ユージーンと顔を合わせたら、また半魔だなんだとヴィンセントが中傷を受けかねない。

表情の変化が乏しいヴィンセントだが、感情がないわけではないのだ。自身の生い立ちに引け目がある分、きっと赤い瞳に関することには傷つきやすいはず。

出来ればヴィンセントとユージーンの接触は極力避けたかった。

「ヴィンセントと上手くいってない？」

「いえ！　そういうことではないのですが……」

ふと、ノアはユージーンとヴィンセントの関係を知っているのか疑問が湧いた。

自分の側近を選ぶに当たり、ユージーンのことは調べ尽くしているはずだ。

では、ヴィンセントのことは？

婚約者の騎士を決めるときも、ノアなら念を入れて生い立ちから何から調べ上げただろう。何せオリヴィア業火担なのだ。もしかしたら、自分の側近を決めるとき以上に事細かに調査したかもしれない。だとしたら、なぜ――。

「ノア様」

「何だい、オリヴィア」

「なぜ、ヴィンセント卿を私の専属騎士に選ばれたのですか？」

ノアは星空の瞳を瞬かせ、私の顔をじっと見た。

「それは、彼が最も信頼できる騎士だと思ったからだ」

「ヴィンセント卿が、一番強いからということですか」

「実力はもちろん、内面的な部分でもだよ。彼は僕を裏切ることはないだろう」

私は忠実な大型犬のようなヴィンセントの姿を思い出し、頷いた。

「確かに、ヴィンセント卿が裏切ることはないでしょうね。とても誠実で、真面目な方ですから」

少々真面目過ぎる気もいたしますが、と私が笑うと、なぜかノアがムッとした顔になる。

「どうやら、ヴィンセントとは上手くいっているようだね」

「そうですね。たぶん……良好な関係は築けているかと思います」

何せ、聖なる騎士の誓いを立てられてしまったのだ。良好どころの話ではない。

馬を走らせるヴィンセントを小窓から見つめる。もし彼の私に対する好感度ゲージがあれば、恐らくは五十パーセントを超えているだろう。イベント『聖なる騎士の誓い』の発生条件がそれだからだ。

「まさか、ヴィンセントのことが気になるのかな？」

突然低くなったノアの声に、私はハッとして小窓から顔を離した。

星空の瞳は真っすぐに私を見ていた。ノアは微笑んでいる。微笑んではいるが、それは決して温かな表情ではなかった。

（な、なんか怒ってる……？）

馬車の中の空気が一気に冷えていくような気がした。

なぜ突然ノアの機嫌が急降下したのかわからない。オロオロする私に、ノアは冷たい笑みを浮かべたまま小首を傾げた。

「僕の質問に答えられない？」

「え、ええと……何の話でしたっけ……」

「ヴィンセント卿が気になるのかと聞いたんだよ」

「そうでしたね！　き、気になるというか、純粋に、どうして彼だったのか不思議で」

これは話題を変えたほうがいいだろうか。不自然にならないよう、治癒院に着いてからの流れでも確認しよう。そう思ったとき、ノアが「もしかして」と呟いた。

「ヴィンセントの瞳のことを言っているのかな？」

私はハッと顔を上げ、ノアと視線を合わせた。

「やっぱり、ノア様もご存じだったのですね」

「もちろんだ。だが、彼は噂されるような危険人物ではない。それは僕が保証しよう」

予想通りノアは知っていた。私に黙っていたのは、余計な不安を与えない為だったのかもしれない。

「ヴィンセント卿のことを不安に思っているわけではありません。赤い目は少し珍しいかもしれませんが、彼は普通の人です。それを言うなら私の髪や瞳の色も珍しいですし」

「そうだね。僕の瞳もそうだ」

王の瞳。星空を閉じこめたようなその不思議な瞳を、ノアはわずかに細めて言った。

王族の証明でもある瞳と、魔族と同じ赤い瞳を同列に語るのは愚かなことだ。ヴィンセントの境遇がそれを物語っている。私もノアもわかっていたが、お互い敢えて自分たちも同じだと言った。そう言いたかったのだ。

「私が気になるのは、ヴィンセント卿とユージーン公子の関係です。なぜ側近のユージーン公子と不仲であるヴィンセント卿を騎士に選んだのか。ノア様に何かお考えがあるのかお聞きしたかったのです」

私の言葉に、ノアは目を見開いた。

「なぜ……ヴィンセントがユージーンとのことを話したのか？」

「話した、というか……話さざるを得なかったというか……」

あなたの側近が突っかかって来たからです、と正直に言うのは躊躇われる。

言葉を濁す私に、ノアは小さくため息をついた。

「そうか。それで事情を知った君は、ヴィンセントを心配したわけだな」

「……私の騎士である限り、ヴィンセント卿はノア様の側近であるユージーン公子との接点がどうしても増えます。ですから、特別な理由がないのであれば、ヴィンセント卿でなくとも……っ！」

言いかけた私の唇は、ノアによって塞がれた。

不意に頭を引き寄せられ、続く言葉はキスに飲みこまれたのだ。ゆっくりと唇を離したノアは、甘く微笑みながら私の瞳を覗きこむ。

「オリヴィア」

「……はい」

「専属でも、騎士は騎士だ。あまり肩入れしないように」

「ですが……」

言い返そうとしたが、ノアの目が切なげに見えて、何も言えなくなってしまう。

そんな顔をするのはずるい。逆らえないではないか。

「君は僕の婚約者なのだから、心を砕くのは僕だけにしてほしい」

「……私がお慕いしているのは、ノア様だけです」

私の返答に、ノアは「当然だ」と返し、もう一度口づけてきた。

強引で、独占欲が強くて、どうしようもなく可愛い人。そんな風に思ってしまう私も大概だ。

ノアの口づけに応えながらも、ヴィンセントの寂しげな赤い瞳が頭から離れなかった。

私たちが王都の治癒院に着くと、すでに聖女セレナと第二王子ギルバートがいて、建物の前で話しこんでいた。

今回は、最近増えてきた同じ症状で苦しむ人々を、神子と聖女が見舞うという依頼だったが、どうやらギルバートも聖女の世話役として同行したらしい。

真剣な顔をしていたふたりだが、セレナが私たちの馬車を見て顔を輝かせた。

「オリヴィア様！」

ノアにエスコートされ馬車を降りた私に、セレナが飛びつかんばかりの勢いで駆け寄ってくる。別の馬車で先に着いていたのに、わざわざ私とノアを待っていてくれたらしい。

「お待たせしてしまいました？」

「いいえ、とんでもない！　まったく待ってません！　あっ。でもオリヴィア様にお会いできるのを待ちわびてました！」

素直に感情を口にするセレナは本当に愛らしい。

さすが聖女、そして乙女ゲームの主人公である。攻略キャラたちが骨抜きになるはずだ。この天真爛漫な魅力に勝てるわけがない。わけない、はずなのだが……。

「遅かったな。女というのは、どうしてこうも準備に時間がかかるんだ？」

メイン攻略キャラであるはずのギルバートは、どうも逆行前とちがいポンコツなようで、平気でセレナの好感度を下げに来る。

悪役令嬢である私にいちいち突っかかってこないで、もっとセレナとの仲を深めればいいのに。あと「女は準備が遅い」というセリフ、セレナのことも含めて言っているように聞こえるのだが、本人は気づいていないのだろうか。なぜこんなにもポンコツなのだ。

「別にギルバート様にはお待ちいただかなくても良かったのですけれど」

「おい。人を待たせておいてその態度か」

「ですから、待って欲しいなどとは一言も言っておりません」

「何だと？」

私とギルバートが睨み合う横で、セレナが困った顔をしている。

ここは私が大人になって引いてやるかと考えたとき、ノアが私を庇うように立った。

「ギルバート。女性の支度も待てないほど狭量で、この先婚約者が出来たらどうするんだ」

「兄上。俺は婚約など……」

「お前も王子という立場だ。近い将来婚約者を迎えるはずだろう？」

ノアがセレナに視線をやりながら言うと、ギルバートはぐっと堪えるような表情をした。

一応、セレナが自分の有力な婚約者候補だという認識はあるらしい。

「セレナ嬢はどう思う？　身支度の間すら待てないような婚約者は嫌じゃないか？」

「えっ！　わ、私は、その……」

話を振られたセレナが、まごつきながらギルバートを見たとき、治癒院の扉が開かれた。

中から現れたのは、ユージーンだった。神官服に似た制服を着た、治癒院の関係者らしき男を連れている。

「皆様、お揃いですか。お待たせしてしまい申し訳ありません。どうぞ中へ」

ユージーンに案内され、私たちは建物の中に移動した。

ヴィンセントが扉をくぐるとき、また先日のように衝突があるのではと、心配で後ろが気になってしまう。だが私の予想は外れ、ふたりともお互いに目を向けることすらなく、存在自体をないものとして扱っているかのようにすれ違った。

(血の繋がった兄弟なのに……これはこれで心配だわ)

心配したところで、悪役令嬢である私に出番などないことはわかっている。どうにかできるとするならば、それは主人公であるセレナだろう。けれどヴィンセントはいまセレナの騎士ではないし――。

「オリヴィア。よそ見はいけないな」

悩んでいるとぐっと肩を抱き寄せられ、私は隣のノアを見上げた。

笑顔だが青い目は笑っていない。業火担怖い。

背筋が凍るような感覚に、私は頰を引きつらせながら無理やり笑った。

「よ、よそ見なんてとんでもない。私にはノア様しか見えておりません」

「もちろん、そうでないと困る」

困ることになるのは一体誰だろう。

私は冷や汗をかきながら、いまはヴィンセントとユージーンの関係について考えるのは止めようと決意した。

治癒院はどの部屋も患者で一杯だった。それどころか病室に入りきらなかった患者が廊下まで溢れ、さながら野戦病院のような状況である。治癒院の白い制服を着た医者や看護人たちが、慌ただしく駆け回っていた。うめき声やすすり泣き、時には叫び声が聞こえてくる。

異様な雰囲気に私は硬直しかけたが、セレナは青い顔をしながらも誰より早く案内人に説明を求めた。

「これは、どういう状況ですか？」

「実は原因不明の病が流行しておりまして、ここにいる方はほとんどがその患者なのです」

「病……一体どんな病ですか？」

どうやら、セレナは今回の事件について詳しく聞かされていないようだ。

ギルバートは一歩引いたところで、感情を消した顔でセレナを見つめている。

「体の一部が石のように硬くなり、変色し、全身に広がっていくのです。この辺りの患者は、全員症状が広がる前に、患部を切り落としました」

「そんな……っ」

「それしか症状の進行を止める術がなかったのです」

案内人の沈痛な面持ちに、セレナは涙目になりながら一歩前に出た。

「わ、私、光の精霊魔法を使います」

「本当ですか！　それはありがたい。聖女様に癒していただけるとなれば、傷ついた患者たちの心も慰められるでしょう」

「私なんかでお役に立てるなら」

「早速ですが、状態の悪い患者からお願いできますか？　ご案内いたします」

案内人に続き病室に入っていくセレナ。

その後ろ姿は物語の主人公らしく、とても頼もしく輝いて見えた。

「さすが聖女様、ですね。でも大丈夫でしょうか。あまり頑張りすぎると、またあのときのように倒れてしまうのでは……」

王宮で魔族の襲撃にあったときのことを思い出す私に、ノアは優しく微笑んだ。

「心配ないよ。ユージーンが魔力回復薬を用意しているはずだ」

「ええ。数本ご用意しております。足りなければ治癒院の備品を買い取りましょう」

魔力回復薬と聞いて、私の頭に紫のガラス瓶が浮かんだ。

オリヴィアとして使ったことはないが、前世でプレイした【救国の聖女】では何度か使用したことがあるアイテムである。

魔力回復薬があるなら安心だ。出来ればここでたくさん光魔法を使い、レベルアップしてほしい。主人公が低レベルのままだと、この世界の住人として安心できない。

「それに、セレナ嬢は役に立ちたいんじゃないかな。王宮でお姫様のように扱われるのは苦手なようだったから」

　ノアがギルバートに視線をやりながら言った。

　確かにセレナは現在、聖女の保護という名目のもと、ギルバートの婚約者候補として王宮に囲われている。平民だった彼女は、慣れない生活に色々思うところがあるようだった。

「……セレナを手伝ってくる」

　ギルバートは難しい顔をしながら言うと、セレナを追って病室に入っていく。その足取りには迷いが見えた。

　ギルバートの考えていることが、いまいちわからない。彼はセレナをどう思って、彼女をどうしたいのだろうか。俺様のくせに、はっきりしろよと言いたくなる。

「それで、私はなぜ呼ばれたのでしょう？　セレナ様のような光魔法は使えませんのに」

出来ることがあるとすれば、シロを呼び出し水魔法や風魔法で院内や患者を清潔にしたり、火魔法で患者の体を温めたり、逆に水魔法で冷ましたりするくらいだろうか。

大した役には立てなそうだが、と思っていると、ノアにそっと右手を取られた。

「オリヴィアにしか頼めないことがあるんだ」

「私にしか……？」

思い当たらず首を傾げる私に、ノアは次代の王らしく威厳のある顔つきで頷くのだった。

ユージーンの先導でたどり着いたのは、院内の奥。まるで隔離されたような場所にある部屋の前だった。

「ここ、ですか？」

「ああ。静かだろう。人目につかないよう、他の患者とは別にしているんだ」

ということは、この部屋の中にも患者がいるということだ。しかも、特別な。

わずかに緊張しながら中に入ると、薄暗い部屋にはベッドがひとつだけあり、若い男性が横たわっていた。ベッドやカーテン、壁に飾られた絵画など、調度品の質が他の病室とは違う。彼が貴族だろうことはすぐにわかった。

二十代ほどの男性は意識がない様子だが、額にあぶら汗を浮かべながら苦しそうに呻いている。

「この方、見覚えが……」

「彼はエドガー・ヘイウッド。王族派のヘイウッド伯爵のご子息です」

「そして僕の近衛騎士のひとりだ」

ノアの騎士だから見覚えがあったのか。

王室の近衛騎士は数が多い。外では見たことがない気がするので、恐らく王宮内での護衛を担当しているのだろう。

「この方にも例の症状が……？」

ノアは頷き、エドガーの掛布をめくって見せた。

露わになった彼の体を見て、私は息を呑んだ。

「そんな、右腕に……！」

エドガーは右手から肘にかけて、赤黒く変色してしまっていた。触らずとも、岩肌のようになった右腕の硬さが想像できる。

近衛騎士が右腕を失えば、それは同時に騎士の資格を失うということになる。だから患部を切り落とすことができずにいるのだろう。

命か誇りか。どちらがより大切であるかは、その人の価値観次第だ。誇りを何よりも重んずる貴族は大勢いる。

「切らずにいるのは、ご本人の意思ですか……？」

「ああ。エドガー本人の強い意思だ。僕としても、信頼できる数少ない騎士のひとりであるエドガーを失いたくない。母が存命の頃から僕を支持してくれているヘイウッド伯爵のことも、悲しませたくないからね……」

ノアにとってもエドガーと伯爵は大切な存在らしい。

だがこのままにしていては、騎士生命どころか本人の命自体が危険だ。そして私がここに呼ばれたということは、つまり——。

「これは、毒なのですか？」

私の視線を受けとめ、ノアは頷いた。

「僕とユージーンはそう見ている。患者の数から最初伝染病を疑ったが、治癒院の医師が見たところ、感染する類のものではないとわかったんだ」

「国中で起きているにしては、広がりや発生の仕方が散発的です。以上のことから伝染病ではなく、新たな病か、もしくは毒による症状ではないかと」

やはり毒の疑いがあったから、毒に詳しく解毒の知識もある私が呼ばれたのか。

私の毒スキルについては隠しているわけではないが、完全に公にしているわけでもない。対外的には、王太子を毒から救ったのは神子の力、ということになっている。まあ、毒スキルは創造神がくれた力なので間違ってはいない。スキルと説明していないだけで。

ユージーンも私が神子の力で解毒ができると認識しているのだろう。

ノアには毒スキルのことは説明済みだが、彼にさえ全てを打ち明けているわけではない。私のオリヴィアとしての人生が二度目であることや、前回は毒殺されたこと、デミウルの気まぐれで時間を巻き戻されたこと等は、ノアも知らない秘密だ。

一度目の人生では、ノアは私と出会う前に毒殺されていた、などと知ったらどう思うだろう。もちろんこれは話すつもりはないことだ。ギルバートと婚約していたことが知られたら、業火担がどんな反応をするか……想像するだけで震えが走る。

でもいつか、前世のことも含め笑って話せるときが来ればいいな、とも思う。

「オリヴィア。エドガーを診てやってくれるかい？」

「私でお役に立てるかわかりませんが……やってみます」

迷うことなく患者たちを救いに行った、セレナの背中が頭に浮かんだ。

私は聖女ではないし、神子という肩書も信じられずにいる悪役令嬢だ。けれどこのままただの悪役令嬢ではいたくない。ノアとハッピーエンドを迎える為にも、一度目の私とは違う自分になりたかった。

こんな私にも出来ることがあるのなら、人の役に立てるのなら、やるしかないだろう。

エドガーのステータスを開いて毒の名前がわかれば、それだけでも対処しやすくなるはず。

うなされているエドガーの、痛々しい右腕に手を伸ばす。硬くなった皮膚に触れた瞬間、頭の中に電子音が鳴り響いた。

【エドガー・ヘイウッド】
性別：男　年齢：25
状態：急性中毒（？？？：毒Lv.？？？）
職業：イグバーン王国王室近衛騎士

（は……はあぁぁぁっ⁉　ちょっと何よ！　【？？？】って！）

エドガーはノアたちの予想通り毒にやられていた。だが、肝心の毒についてはバグでも起きたかのように情報が見えない。

これは初めてのパターンだ。私のスキルレベルが低いからだろうか。それとも他に理由があるのか。不親切仕様な創造神システムは、毎度のことながら本当に説明が足りない。

「ええと……騎士様は、間違いなく毒に侵されています」

「やはりそうか……」

「神子様には、こんなに簡単に毒症状だと判別できるのですか」

ユージーンが、感心しているのか怪しんでいるのかわからないような声音で呟いた。

どうしてわかるのだ、などと聞かれでもしたら厄介だなと考えてしまう。ステータス画面を他人に見せられれば一発なのだが……上手く説明できる気がしない。

いや、今はそれよりも毒の名前やレベルについてだ。

「シロ、出てきて」

うんざりしながらデミウルの遣いであるポメラニアン神獣を呼ぶと、シロは『はいはい～い』と緩い返事をしながら宙に現れた。

「このステータス表示、どうなってるの？　毒の表示が伏せられてるんだけど」

　小声で問いかけたが、シロはそれどころではない様子で部屋を見回していた。なぜか鼻の上にシワを寄せて、嫌(いや)〜な顔をしている。

「ちょっと、シロ？　聞いてる？」

『オリヴィア〜。何でこんな所に呼びだすのさぁ。この部屋、嫌な臭(にお)いがするよぅ』

「嫌な臭い？　治癒院だもの。薬の匂いがするのは当然じゃない」

『そうじゃなくてさぁ……』

　シロはエドガーを見てベッドから距離(きょり)をとると、次に入り口に控(ひか)えていたヴィンセントを見て逆側の壁へと逃(に)げるように移動した。なんて感じの悪い神獣だ。無表情だが、さすがにヴィンセントも傷つくだろう。彼は動物好きの無害な青年なのに。

「匂いはどうでもいいから。それより、ステータス表示がおかしいのよ」

『全然どうでもよくないよ〜』

「いいから聞いて。毒の表示の部分、伏せられていて見えないの。毒の名前も、レベルもよ。一体どうなってるの？」

　シロは渋々(しぶしぶ)といった様子で答える。

『どうなってるも何も、そのままだよぅ。正体不明の毒ってことでしょ』

「何よそれ。創造神にもわからないってこと？」

『どうかなぁ。それは本人に会ったとき聞いてみたら？』

簡単に言ってくれるが、会いたいときに会えるなら、今日まで苦労していない。ほいほい簡単に会えるような相手であれば、すでに百発は殴っているところだ。

『ちなみに、毒の正体がわからないと、無効化や吸収は使えないと思うよ～』

「は？　何よそれ、聞いてない！」

『だから今言ったじゃぁん。この部屋臭うから、僕もう帰るね～』

「あ、こら！　待ちなさいシロ！」

私が引き留めるのにも構わず、シロはくるりと宙を舞い、光の粒子をまき散らしながら消えてしまった。完全な言い逃げである。

(本当に……何て穴だらけのスキルなのよー!!)

ここが病室でなければ確実に叫んでいただろう。

創造神出てこいや、と。

シロの消えた宙を見上げ、ぶるぶる震えながら怒りを我慢していると、遠慮がちにノアが声をかけてきた。

「オリヴィア？　どうかしたのかい」

「い、いえ。何でもありません。はっきりしなかったので、もう一度やってみます」

もしかしたら、ただのバグかもしれないし。そう期待して再挑戦したが、結果は変わらず。電子音が鳴り、画面を確認するたび肩を落とした。

「ダメです……毒に侵されているのは間違いないのですが、毒の正体がわかりません」

落ちこみながら正直に話すと、ノアにそっと肩を抱かれる。その優しさが逆につらい。

ユージーンは責めてくれるかと思ったが、知的参謀キャラは冷静だった。

「神子様。毒の判別に必要な条件などはあるのでしょうか」

ユージーンの問いかけに、私は力なく首を振る。

「私にも……よく、わからないのです。今までは毒の名前は触れるだけですぐに判明していました」

「触れずとも、傍にあるだけで毒を見分けたこともあったね」

ノアに言われ、昔を思い出しくすりと笑った。

「ありましたね。紅茶に入っていた毒、とか」

「まさかそのまま飲み干すとは思わなかったな」

「私は毒では死にませんから」

私とノアのやり取りを聞いていたユージーンは、少し考える素振りを見せたあと再び問いかけてきた。

「では、神子様がエドガー卿と同じ毒を摂取した場合はどうなるのでしょう？」

「……何だって？」

ノアの表情ががらりと変わるのがわかった。

怒りと冷たさを凝縮したような、鋭い空気がユージーンに向かって放たれる。

「ユージーン。君は今、自分が何を言ったのかわかっているか？」

「ただの確認です。神子様に毒は効かないのでしょう？　摂取すれば、手で触れる以上のことがわかるのではないかと」

ノアの威圧にも、未来の宰相候補は引かない。

業火担の怒りを買っても尚冷静でいられる彼に、思わず拍手を送りたくなった。

「言っていいことと悪いことがあるぞ、ユージーン・メレディス。確かにオリヴィアは毒では死なない、創造神からの加護を頂いている。だがまったく効かないわけではない。これまで何度も苦しんだり、倒れたりしてきたんだ」

「それは存じ上げず……失礼いたしました」

「二度と軽はずみなことは口にするな。次はないぞ、ユージーン」

「御意。神子様、申し訳ございません」

「い、いえ。私は大丈夫です」

むしろ私は感心してしまった。さすが未来の宰相候補。私は考えもしなかった方法だ。

確かに、毒を摂取すればシステムも解析できるかもしれない。保証はまったくないが、可能性はある。解毒に失敗して仮死状態に入る可能性も高いが、その場合は例の場所でまた創造神と会うことになるだろう。そこでデミウルから直接毒の正体を聞き出すほうが、確実な気がしてきた。

とは言え、さすがにその方法はノアが許さないだろう。政務に関しては冷静なノアだが、私が関わると途端に暴走し始める業火担なのだ。

めげずにその後もエドガーの腕に触れたが、結局毒の表示は【???】から変化することはなかった。

（せっかくノア様が私を頼ってくれたのに、まったくの役立たずで終わっちゃったわ……）

苦しむエドガーに何もしてやれないまま、私たちは病室を後にした。

神子などと呼ばれてはいても、所詮私は悪役令嬢なのだと、静かな廊下で己の無力感に打ちひしがれる。

「ノア様。お役に立てず、申し訳ありません……」

「気に病まないで、オリヴィア。神子が万能だなんて思っていないよ。別の手を考えるさ」

落ちこみたいのは騎士を失いかけているノアのほうだろうに、逆に慰められてしまった。

自分が情けない。なんとか力になれないものだろうか。

「毒の正体がわかればスキル……治療ができるのですが」

「医者も全く同じことを言っていたよ。症状が見たことのないもので、解毒の見当もつかないと。色々試してはいるようだけどね……」

ここに来た時以上に暗い気持ちになりながら、私たちは治癒院のエントランスに向かった。合流したセレナたちと一緒に治癒院の外へ出る。

結局解毒は敵わなかったが、聖女の光魔法で毒の進行を遅らせられることが判明したらしい。さすが光の女神と契約した主人公。本人も役に立てたと満足そうだった。

「王太子殿下。少しよろしいでしょうか」

ずっと黙って控えていたヴィンセントが、ノアに声をかけ私たちから距離をとった。

ふたりで話す様子を見ながら、エドガーのことはどうするのだろうかと、右腕を失う危機に瀕している騎士を思い浮かべる。

（連続失踪、正体不明の強力な毒……。思い出したわ。【救国の聖女】で似たようなイベントがあった。確かユージーンとヴィンセントルートで、それぞれ流れも違うのよね）

だが、どちらとも事件は主に学園内で起き、被害者も生徒ばかりだったような。

私というイレギュラーな存在のせいで、ゲームとは違う流れになったのだろうか。それとも私が本来のゲームシナリオを忘れてしまっているのか。忘れてしまっているだけなら、思い出せれば役に立てるのに。やはり役立たずだ。

セレナに頼めば毒の進行を遅らせられるが、その為にはエドガーのことを話さなければならない。

セレナは秘密を守るだろうが、ギルバートはどうだろう。悪人ではないはずだが、そうは言っても立場的には王妃の実子である第二王子である。ノアの弱味を知られるのはやはりまずいだろうか。

振り返ると、ギルバートは見送りに外に出てきた治癒院の医者と話し始めていた。

セレナは、と視線を巡らせると、なぜかユージーンが彼女に声をかけるところだった。

(どうしてユージーンがセレナに？　エドガーのことを話してるの？)

ふたりをじっと見ていると、セレナが何度か頷いたところで会話は終了したようだ。

ユージーンが離れていくと、セレナがふとこちらを見て目が合った。にっこりと笑い、歩み寄ってくる。

「オリヴィア。すまない、待たせたね。馬車で送――」

「オリヴィア様！　私と一緒に帰りませんか？　ご相談したいことがあるんですっ」

こちらもヴィンセントとの会話を終えたらしいノアが声をかけてきたとき、それを遮るようにセレナが私の腕に飛びついてきた。

突然のセレナの行動に、私だけでなくノアやギルバートも目を丸くしている。

少し世間知らずなところはある子だったが、ここまで無邪気だっただろうか。

「ええと、ご一緒したいのは山々ですが、セレナ様はギルバート王子殿下と一緒にいらしたのでは……」

「そうですけど……ダメですか？」

うるうるとした大きな瞳で見つめられ、その威力に怯んでしまう。

さすが乙女ゲームの主人公。可憐でいて破壊力抜群の上目遣いである。

「で、では、セレナ様もこちらの馬車に乗って行かれますか？」

「いいんですか？　ありがとうございます～！　では早速行きましょう！」

嬉しそうに言うと、セレナは私の手を引き早速馬車に乗りこんだ。

ノアが戸惑った様子ながら続こうとしたが、なんとセレナは乗り口の前で右手の平を彼に突きつけ、制止した。

「申し訳ありませんが、オリヴィア様とふたりっきりでお話ししたいことがあるんです。王太子殿下はご遠慮くださいね！」

「な……」

「では、皆様ごきげんよう！」

可愛らしく手を振ると、セレナは勢いよく馬車の扉を閉め、御者に「出してください」と声をかけた。

小窓から、ぼう然とするノアたちが見える。ヴィンセントはいつも通りの無表情で馬に跨りついてくるのがわかった。

「あ、あの……セレナ様？」

「は～！　やっとふたりきりになれたねぇ、オリヴィア」

どかりと座席に腰を下ろすと、セレナはやれやれと言わんばかりに腕を組んだ。

不遜でいて、どこか子どものような口調と態度。まったく普段のセレナらしくないその様子に、私はゆっくりと眉を寄せた。

「あなた……セレナじゃないわね？」

私の問いに、目の前のセレナの皮を被った何かは、にんまりと笑った。

「さすがオリヴィア！　そう、僕だよ僕！　創造神デミいでっ!?」

相手が言い終わる前に、私は容赦なく目の前の頭に鉄拳を落とした。

「っだあぁぁぁぁ～！　何するのさオリヴィア～」

座席に倒れながら痛がる、セレナの皮を被ったデミウルの姿を見て我に返る。しまった。ついこれまでの恨みをすべて、今の一撃にこめてしまった。

だが仕方ないことだと思う。デミウルに一発お見舞いするのは悲願だったのだ。後でセレナに謝らなければ。

「ずっと殴りたいと思ってたのよ」

「だから何で？　オリヴィアが望んだとおり、こうして会いに来たのにぃ」

「遅いのよ！　しかも何？　セレナの体を乗っ取りでもしたの？」

デミウルはため息をつき、セレナのドレスの裾をひらひらさせた。

「だって、僕が人間界に顕現するにはこれしかなかったんだよ～。聖女は僕の神力と親和性が高いからね。それでも少しの時間しか持たないんだけどさ」

「こんなことをして、セレナに影響はないんでしょうね？」

「う～ん。ちょっとはあるかもだけど、死にはしないから平気平気！」

セレナの姿や声で創造神の喋り方をされると、とても複雑な気持ちになる。

とりあえず、すぐにでも創造神を殴ろうとする自分の右手を抑えることに注力した。

「それで？　オリヴィアは何の用なの？」

「え？」

「僕に何か用があったんでしょ？　だからシロに言付けたんだよね？」

そうだ。デミウルにそっちから来るよう、シロに伝言を頼んだのだった。

ずっと聞きたいことがあったのだ。創造神にしか答えられないだろうことが。

私はセレナの座席の背もたれに、ドンと両手をついて迫った。

「私の前世の記憶が消えかけているんだけど、これってあんたのせいなの!?」

「ちょ、お、落ち着こうオリヴィア。僕は何もしてないって」

「じゃあ何で、乙女ゲームに関することが思い出せなくなってるの？【救国の聖女】についての記憶が曖昧で、思い出せても断片的で困ってるの。あんたが創造神パワーで何かしたんでしょう！」

デミウルは、ぶんぶんと首を振り泣きまねをする。

そのあざとい仕草に毎度腹が立つ。普段は子どもの姿をしていても、実際はこの世界の誰よりも年を食っているくせに。

「濡れ衣だって～。神に誓って、僕は君の記憶をいじったりしてない」

「神はあんたでしょ。自分に誓ってどうするのよ」

「あ。そうだった。さすがオリヴィア、的確なツッコミいだだだだっ！　冗談です！」

セレナの皮を被ったデミウルのこめかみを、両拳で挟んでぐりぐりと攻撃する。

デミウルは「ちゃんと答えるから」と泣いて訴え、私の拳から逃げた。

「はぁ……悪役令嬢は容赦ないな」

「何か言ったかしら？」

「ウチノミコ様ハサイコーダナァ！」

「いいから、さっさと白状しなさい」

私が席に座り直し拳を見せると、デミウルはさっと姿勢を正した。

「はいっ。君の記憶が曖昧になったのは、君を中心にこの世界が変わり始めたからだよ」

「私を中心にって、どういうこと……？」

「君の知っている物語ではなくなったから、という意味さ。オリヴィアが頑張ったおかげで、君の知る世界とは別の道を進み始めた。だからもうゲームに関する記憶は必要ないだろう？」

思い出せても意味を成さない、とデミウルは言う。

世界に必要のないものはやがて消えていく。デミウルの言葉は、私にはそう聞こえた。

必要のないもの。役目を終えた悪役令嬢や、ギルバートや王妃のキャラクターを際立たせる為だけに存在した、悲運の第一王子も、世界に必要なくなったから死んだのか。

（だとしたら、私やノアが生きているということは、まだ世界に必要な存在だから？　また必要がなくなれば、世界に消されてしまうの？）

本当の敵は王妃ではなく、この世界なのでは。

そんな風に考えゾッとしたとき、デミウルが「そろそろ行くよ」と言い出した。

「えっ？　もう？」

「これ以上は聖女の体が持たないからね。じゃ、また機会があれば！」

軽く手を振るデミウルに、頬が引きつる。

冗談じゃない。今回会うのにどれだけ待ったと思っているのだ。だがセレナの体が淡く光りはじめたので、慌ててその腕をつかむ。

「待ちなさいよ！　ええと、そう、毒！　毒スキルでもわからない毒があって！」

「ええ～？　毒？　ムリムリ。もう時間が……」

「毒の正体がわからないとスキルが使えないってシロが！」

「あー。じゃあ、次会うときまでに調べておく、よ……」

「ちょっと！　次っていつ……っ」

がくりとセレナの体が崩れ落ちるのを、すんでのところで受け止めた。

小さく呻きながら、セレナが長いまつ毛を持ち上げて私を見る。ぼんやりとしていたセレナは、何度か瞬きをしてから驚いたように辺りを見回した。

「お、オリヴィア様⁉　あれっ？　ここは、馬車？　私、ユージーン公子とお話ししていたはずじゃ……。あの、私、何か粗相をしてしまいましたか？」

オロオロとするセレナは、もういつもの彼女だった。

どこか不遜な雰囲気のあるショタ神の名残は欠片もない。

「オリヴィア様……？」

「……大丈夫です、セレナ様。治癒院でたくさん魔法を使われて、お疲れになったのでしょう。少し眠られていただけです」

「オリヴィア様の前で居眠りを⁉　申し訳ありません！」

何度も頭を下げようとするセレナを宥めながら、私は怒りを通り越し疲れていた。

もちろん怒っているのはセレナに対してではない。

（次会う時までに調べておくって、その次はいつ来るのよ――――！）

前世、誰もが持っていたスマホがあれば……と思わずにはいられないのだった。

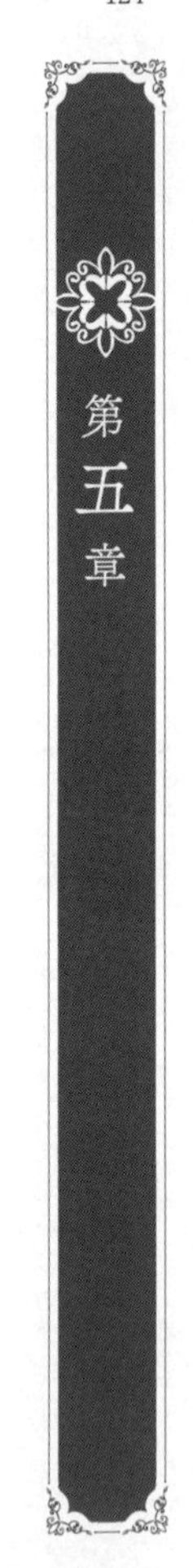

治癒院を慰問した翌日から、ノアとユージーンは揃って学園に姿を見せなくなった。

どうやら例の事件絡みで、更に忙しくなってしまったらしい。もうすぐ学術試験があるのだが、大丈夫なのだろうか。

私は試験に向け、学園の図書館で親衛隊と勉強会を始めた。

一度目の人生ですでに受けた試験ではあるが、当時は継母や義妹の虐待のせいで、それほど勉学に集中できていたわけではない。ノアの婚約者として恥ずかしくないよう、今回は全力で挑むつもりだった。

「ギルバート殿下も、最近お忙しいようです」

勉強の合間の休憩中、セレナが少し寂しそうに言った。

セレナはデミウルを降臨させた後遺症か、治癒院慰問のあと一日休んでいたが、二日目には元気な姿で登校していて安心した。

ギルバートが忙しいということは、王妃の陣営に何か動きがあったのだろうか。

そんな風に友人の言葉の裏を考えてしまうことに自己嫌悪していると、ケイトが小声で話に入ってくる。

「王宮に勤める父によると、殿下たちの領地視察が検討されているとか」

「まぁ、この時期に？　どこかの領地で問題でも起きたのでしょうか」

「そういえば、最近治安が悪くなっていると耳にしましたわ」

「貴族街で何かあったと噂になってましたわね。恐ろしいわ……」

不安そうな顔をするケイトたち親衛隊に、私とセレナは顔を見合わせた。

あの毒絡みの事件のことが、貴族の間でも噂になっているようだ。

「……皆。何かあれば、すぐに知らせてね。力になるわ」

「私も、回復魔法くらいしかできませんが、出来ることは何でもします！」

「オリヴィア様、セレナ様……」

「おふたりにそう言っていただけると、とても心強いですわ」

ほっとしたように笑うケイトたちに微笑み返しながらも、私の胸の中では不安の芽がすくすくと成長していた。


侯爵邸に帰ると、ノアから手紙が届いていた。

ノアが学園に来なくなり、心配で何度か手紙を出しているのだが、その返事は私をいかに愛しているかという文句のあとは、いつも『問題ない。心配するな』の一点張り。

(心配するに決まってるでしょ。婚約者なんだから!)

王妃が、世界が、ノアを消してしまうかもしれない。その考えがどうしても頭から離れないのだ。

手紙ではノアの様子が何もわからない。これ以上は我慢できない。

私は部屋の入り口に待機していたヴィンセント卿を振り返った。

「ヴィンセント卿! 明日、王太子宮に向かいます!」


次の日は学園の休日だったため、私は早速王宮に赴いた。

父の手を借り、王宮前に停まった馬車から降りる。

王宮に来ると、いまだに少し緊張する。敵である王妃がいるという理由以外に、ここが魔族との戦闘の場になり、継母が死んでいるという記憶がまだ新しいからだ。

私が王太子妃として入宮するまでには、その記憶も薄れ、少しでも安らぐ場所になっているといいのだが。

(というか、本当に私が王太子妃、ゆくゆくは王妃になるのかしらね……)

悪役令嬢なのに、という気持ちはまだ私の中に強くあり、戸惑いも消えない。

「本当に王太子宮まで送らなくていいのか」

「はい。ヴィンセント卿もいますし、お父様はお仕事に専念なさってください」

笑って父を見上げると、困ったような表情が待っていた。

氷の侯爵と言われている父の表情の変化は、私にしかわからないようだが。

「オリヴィア。わかっているとは思うが、現在王太子殿下は非常にお忙しくされている。いくらお前でも、会えるかどうかはわからないぞ」

「もちろん承知しています。でも私は、ノア様に会わなければならないのです」

彼が忙しく、そして私が役立たずなことは先日の治癒院訪問で理解している。

だが、心配なのだ。真面目で誠実なノアは、昔から国の為に自分のことを疎かにするきらいがある。毒についてもだが、彼の健康が損なわれていないかも気がかりで、これ以上じっと待っていることは出来そうになかった。

あれだけ私への愛を手紙にしたためる時間はあるのだ。少し顔を見ることくらい許されるはず。

(そもそも、私を追い返す業火担が想像できないわ)

「わかっているならいいが……。くれぐれも殿下のご迷惑になるようなことは控えなさい」

「はい。お父様」

「それと、これは一番大事なことだが――」

私の手を取り、父は真剣な表情で顔をのぞきこんでくる。

無表情に見えるが、その眼差しからは私への心配が伝わってきた。

「絶対に、危険な真似はしないように」

幼子に言い聞かせるような口調に、少しの間のあとむくれてしまった。

「……お父様は、一体私を何だと思っていらっしゃるんです？」

「言われても仕方ないことだろう。少し目を離すと、お前はいつも危険な目に遭っているのだからな。毒入り紅茶を自ら飲んで倒れたり、自宅の敷地内で破落戸に襲われたり、投獄されたり、魔族に襲われたり……」

過去の自分のピンチを次から次に挙げられ、口を噤むしかなかった。

うん。確かに、言われても仕方ない。心なしか、愛馬を降りてこちらを見守っていた、ヴィンセントの視線が痛い。

返す言葉もなく、私は居心地の悪い思いで頭を下げた。

「心配ばかりかけて、ごめんなさい」

「謝ってほしいわけではない。お前にはいつでも笑っていてほしい。だから約束してくれ。自ら進んで危険に身を投じるようなことはしないと」

「……はい。お約束します、お父様」

しっかりと父の手を握り返し、私は頷いてみせた。

会えないかもしれない、という父の忠告とは裏腹に、王太子宮に着くとすぐにマーシャが現れ、中に通された。執務室に向かいながら最近のノアの様子を尋ねると、忙しく食事と睡眠時間を削りがちで困っている、と心配顔で教えてくれる。

私のほうから、食事と睡眠はきちんととるよう言ってほしいとお願いされてしまった。マーシャがここまで言うとは、なかなかまずい状況なのではないだろうか。

心配の芽がぐんぐん成長していくのを感じながら、ノアの執務室に入る。すると、書類が高く積まれた机の向こうから、ノアが私を見て微笑んだ。

「オリヴィア、来てくれたのか」

少し目元に疲れの色は浮かんでいるが、それほど悪い状態ではなさそうだ。

ノアの傍らに立つユージーンは、相変わらず冷たい表情で私とヴィンセントをちらりと見るだけだ。彼もノアと同じく疲れているだろうに、涼しい顔をしている。さすが腹黒鬼畜眼鏡キャラ……もとい、未来の宰相候補である。

ひとまず安堵し、ドレスの裾をつまみおじぎをした。

「ご無沙汰しております、ノア様」

「君に言われると、嫌味も愛の囁きに聞こえるな」

眩しい笑顔で言われ、私の笑顔は引きつりかけた。

ノアは耳がおかしいので王宮医に診てもらうべきだ。いや、診てもらうべきは頭か。

「すまないが、この書類を片付けてしまいたい。ソファーで少し待っていてくれるかい」

「突然来てしまったのはこちらです。いくらでも待ちますから、どうぞご公務を続けられてください」

ソファーに腰を下ろすと、すぐにユージーンがメイドにお茶の用意を言いつける。

そのついでとばかりに、入り口の傍に立っていたヴィンセントに絡み始めた。

「ヴィンセント・ブレアム。主をお止めするのも騎士の務めではないのか」

それに対しヴィンセントも、読めない表情を正面に固定したまま答える。

「俺はオリヴィア様に付き従い、お守りするだけだ」

確かに、ヴィンセントは忠実なまでにその役目をこなしている。

余計なことは喋らず、淡々と、機械仕掛けの人形のように。

「つまり、剣を振るしか能がないわけだな」

どうしてユージーンは、ここまでヴィンセントを傷つける物言いをするのか。

ヴィンセントを憎むのはお門違いな上、彼はすでに公爵家を追い出され、たったひとりの家族を失い充分つらい目に遭っているというのに。

「どう捉えてくれても構わない」

「否定すら出来ないか。お前に騎士としての誇りはないのか」

聞いていられなくなり、私は「お止めください」と強く声を張った。

「ユージーン公子。たとえ騎士に止められても、私は私のしたいようにします」

私の言葉に、ユージーンは嘲笑ともとれる歪んだ笑みを浮かべる。

「さすが、神子様には恐れるものは何もないようで」

「どうやら公子は、私がここに来たことが気に入らないようですね」

「神子様に対し畏れ多い。そのようなことは……」

「公子には、私に来てもらっては困る事情でもおありなのでしょうか」

眼鏡の奥で、ユージーンの瞳が鋭く光る。

私はまだ、ユージーンがノアの味方だと完全に信じきれていないのだ。

睨み合いが始まった直後、バンと強く机を叩くようにしてノアが立ち上がった。

「そこまで」

星空を閉じこめた、王の瞳が私たちを射貫く。

その威厳のある姿に、私もユージーンも一瞬にして動けなくなった。

「いい加減にしないか、ふたりとも」

カツカツと靴を鳴らし、ノアが近づいてくる。

ユージーンの目には、畏れと焦りが浮かんでいるように見えた。きっと、私も似たような顔をしている。いまのノアにはそれくらい迫力があった。

「ユージーン。口を慎め。オリヴィアは僕の婚約者だ。彼女にはいつ何時でも僕に会う権利がある。王太子宮の者には、オリヴィアは無条件に通すよう言いつけてあるんだ」

「こちらには、国政に関わる機密書類があるときもございます。部外者の目に触れさせるわけには……」

「オリヴィアが部外者であるときなど、一瞬たりとも存在しない」

ぽんと肩にノアの手を置かれ、私はようやくまともに息を吸うことができた。

「ノア様……」

(それはちょっと荷が重すぎますね)

そんなにも私のことを……と感動する場面なのだろうが、どうにもときめききれない。むしろユージーンのほうがずっとまともなことを言っているように思えてしまう。

出来れば国政に関する機密書類は私の目に触れさせないでほしい。全力で隠してくれたほうがありがたい。

「オリヴィアは僕の婚約者であり、運命共同体であり、この国の未来の王妃だ」

「あの……ノア様、そうは言っても、私はまだ王室入りはしておりません。ユージーン様のおっしゃることも一理あるかと」

「オリヴィア、君は本当に謙虚だね。もちろん、本当にまずいものは王太子宮には持ち込まない。だからオリヴィアは、安心していつでも僕に会いに来てくれていいんだよ」

私の手を取り、甲に口づけを落とすノア。

口元が引きつりそうになるのを堪えながら、ユージーンをちらりと窺う。『こいつが王太子って、この国大丈夫か』とその顔に大きく書いてあった。

冷静沈着な未来の宰相がドン引きしている。その気持ちはとてもよくわかる。

私がそっと首を横に振ると、ユージーンは疲れたようにため息をついていた。

私とユージーンの気持ちが一致した、貴重な瞬間だった。

ノアの仕事が一段落し、同じテーブルに着く。

マーシャが用意してくれたのは、ペパーミントとレモンピールのハーブティーだった。すっきりとした香りで、仕事の合間のリフレッシュに最適だ。その上、利尿や胃腸の働きを整える作用があり、デトックス効果も高いお茶である。

ノアはソファーに座るなりため息をつき、とても疲れた様子だったが、ハーブティーを飲むと少し笑顔を見せた。

「学園はどう？　オリヴィアの周りでおかしなことは起きていないかな？」

「私は大丈夫です。ヴィンセント卿もいますし。ただ、友人たちも王都の治安が悪化しているのを感じているようで、不安がっておりました」

　ノアはカップを置き、真剣な顔で頷く。

「そうか。貧民地区ほどでないにしろ、貴族街でも被害が出始めたからね」

「その流れで、ノア様たちの領地視察が検討されていると耳にしたのですが……」

「ああ。検討というか、視察に行くことは早い段階から決めていたんだけど、議会に提出した途端、話がとん挫してね」

　困ったようなノアの様子に、私は首を傾げた。

「ノア様が直接赴かれるのは危険だからですか？」

「いや、そういうわけではないんだけど……」

　言いよどむノアの代わりに、口を開いたのはユージーンだ。

「聖女を連れていくべきだと、議会の老人共が譲らないもので」

　迷いのない口調。私の反応をうかがうような目つき。

　まったく感じの悪い男だが、この場合は誤魔化されるよりいいと思った。

「セレナ様を視察に……？」

「聖女セレナを同行させるとなると、視察にはギルバートが行くことになるからね」

「それでは意味がありません。聖女を同行させるとしても、貴族派領地の視察に行くのは王太子殿下でなければ」

冷たく響くユージーンの言葉に、私は小さな反発心を覚え顔を上げた。

「あの……ずっと考えていたのですが、セレナ様とギルバート殿下を、こちら側に引き入れることはできないのでしょうか」

私の突然の提案に、ノアもユージーンも一瞬目を丸くした。

ふたりとも、考えたこともないと言いたげな顔だ。

「聖女はともかく、第二王子殿下を？」

正気ですか？　と聞いてきたユージーンの声も目も、あきらかに私をバカにしていた。

ノアはそこまであからさまではなかったが、怒り……というより悲しみの色をその瞳に浮かべていた。

「オリヴィアの気持ちはわかるよ。ギルは悪人じゃない」

「私もそう思います。だから……」

「だが、その母親は悪の権化と言ってもいい存在だ。僕と君の命を狙い続けている相手だと、忘れてしまった？」

自嘲するようなノアに慌てる。

忘れるわけがない。私とノアの出会いのきっかけも、王妃が用意しただろう毒入り紅茶だったのだから。

ノアが生まれたときから王妃に命を狙われ続け、実の母、先代王妃を殺されていることだって、もちろん覚えている。ノアは恐らく、この国で誰より王妃を憎んでいる人だ。

「忘れたわけではありません！　でも……ギルバート殿下が私たちを殺そうとしたことはないでしょう？　むしろ先の聖女毒殺未遂事件では、ギルバート殿下は幽閉された私を救おうとしてくれました」

それにギルバートは攻略対象者だ。国を救うヒロインの相手役。しかもメインヒーロー。王妃が悪でも、息子のギルバートは正義の味方キャラなはずなのだ。

だがノアたちは、この世界がゲームを元にしているなどと知る由もない。私も説明するつもりはなかった。私の目の前にいる人たちはゲームのキャラクターではなく、この世界で生きている人間なのだから。

「では、君はギルが母親を裏切れると思うのか」

ノアの一段低くなった声に、私はハッとした。

「それは……」

「ギルが悪人でないからこそ、実の母を裏切ることは難しい。母親が悪であったとしても、だ。兄である僕と母親、どちらか選ばなければならなくなったとき、ギルはきっと迷うだろう。それが普通だ。そしてそういう相手を信用しきることは難しいんだよ」

わかってくれるね？　そう言われ、私も頷くしかなかった。

そうだ。ギルバートは悪人ではない。俺様だが、優しいところもある。そういう人が、簡単に母親を見捨てるとは考えにくかった。まったくノアの言う通りだ。

「大丈夫。視察の件は保留中だが、調査自体は進んでいるんだ」

　空気を変えようとしてか、明るい表情でノアが資料を見せてくれる。

　ユージーンの視線を気にしながら目を通すと、毒がどのように、どういった形で広がっていったかまで詳細に記されていた。

「……毒の流通元がわかったのですか？」

「調べてみると、被害が多かったのは貴族派の領地でしたが、領地を治める貴族に被害があったのは、すべて王族派でした」

「どうやら王族派の貴族と取引を始めた商会が、毒を密かに流通させていたらしい。商会長と関係者はすでに捕らえて身柄を隠している。いまは後援者を辿っているところだ」

　資料には、快楽を得る葉巻や安全な堕胎薬と称して平民や貧民に、瞳を美しくする目薬や若返りの酒として貴族にと、毒入りの商品を様々な形で売りつけていたと書いてある。

　平民や貧民の被害は目くらましで、本命は王族派の貴族だったということだろうか。

「視察に行かずに、よくここまで調べられましたね」

「ユージーンを筆頭に、優秀な人材が増えてきてね」

「優秀な人材がいるのなら、ノア様が直接動かれる必要はありませんよね？　試験も近いですし、学園に戻られることは……」

「殿下と私は学園卒業までに学ぶ全ての科目を履修済みです。よって試験は受けずとも良しとされております」

ユージーンの言葉にギョッとした。

ノアとユージーンが優秀であることはわかっていたけれど、そこまでだったのか。卒業までの勉強のすべてを終わらせているなんて、それでは学園に通う意味がないだろう。

私の考えを読んだように、ユージーンは軽く肩を竦めながら言った。

「学園に通う目的は、未来の臣下たちとの交流、そして有望な人材の発掘ですから」

お前とは違うのだ、と言われているような気持ちになるのは、さすがに卑屈だろうか。

私の出る幕ではないことはわかっている。私の領分ではないことも。けれど——。

「ユージーンたちの働きもあって、事件についてはこの通り順調だ。オリヴィアは何も心配しなくていい」

ノアに褒められているのに涼しい顔のユージーンに、ムッとしてしまう。

自分がノアの隣にいるのが当然とばかりの態度。それに比べ、私は何の役にも立てていない上、こうして仕事を邪魔することしかできていない。

私が優秀だったら、ノアも少しは私を頼ってくれただろうか。そんな風に考えてしまう。

「まだしばらく忙しい日が続きそうだ。会えないのはつらいけど、君からの手紙があれば耐えられるんだが」

「……残念ですが、試験が近いのでお手紙はそう書くことはできないかもしれませんね」

ぷいっとそっぽを向きながら私が言うと、ノアは「そんな寂しいことを言わないで」と小さく笑った。

絶対手紙なんて書いてやらない、と思っていても、結局は書いてしまうのだろう。

「今後は王太子宮を不在にすることが増えると思う。時間を見つけて僕のほうから会いに行くから、待っていてくれ」

つまり、ここには来るなということか。

私は信じられない気持ちで、けれど何も言い返すことができず、俯くしかなかった。

「私のほうでも、毒に関して出来ることはないか、調べてみます」

「オリヴィア。危険なことはしなくていい。心配なんだ。君が安全でないと、僕は公務もままならなくなってしまう」

甘い声、言葉、そして眼差し。

婚約者から向けられる愛が、どうしてかいまは嬉しくなかった。

✦

神子と半魔の騎士が退室する。

ユージーンはそれを見送ったが、半魔の騎士とは最後まで目が合うことはなかった。

「……話されなくて良かったのですか？」

「何のことだ？」

主の王太子は、自分の婚約者がいなくなった途端に笑顔を消し、さっさと執務机に戻っていく。先ほど寒気がするほど甘い言葉を次々と吐き出していた男だとは、とても思えない変わりようだ。

「聖女の同行の前に、神子を同行させるべきだとの意見が上がっていたことをです。先日の治癒院慰問は、神子様の能力が役立つかの確認だったのでしょう？」

ユージーンの問いかけに、星空を閉じこめたような瞳が、冷たい一瞥を寄越してきた。

生まれながらの支配者の目。最初の頃は睨まれる度硬直していたが、最近ようやく慣れてきたところだ。

「ユージーン。僕はオリヴィアをそのように道具扱いしたことはないし、これからも考えることすらありえない」

「殿下のお気持ちはこの際重要ではありません」

「いいや。君はあまりに僕の婚約者を軽んじている。慰問の意図は確認に違いないが、役立つかの確認じゃない。オリヴィアが危険を回避できるかの確認だった」

整えられた爪の先で、トントンと机を叩くノア。

これは彼が考えをまとめているときの癖だ。

「エドガーを治してやれなかったのは残念だったが、オリヴィアの力が通用しない類のものであることがはっきりした。視察に同行させるわけにはいかない」

「しかし神子様についている神獣は、五大精霊の力が使えるそうではないですか。そうそう危機に陥ることはないのではありませんか？　むしろ神獣の力があれば充分――」

カツン、と強い音を最後に立て、ノアの手が止まる。

同時にユージーンは口を閉じた。自分はそれなりに賢く、愚かではないつもりだ。口を噤むべき時も、一応承知している。

「オリヴィアは神子だが、同時に何の訓練も受けていない令嬢でもある」

「しかし、このままでは視察に向かうのは第二王子殿下になってしまいます。あちらの陣営は、聖女単体の貸し出しは認めないでしょう」

「ユージーン……君は本当に人を物扱いするのが好きなようだな」

未来の王であるノアのため息に、ユージーンは心外だとばかりに片眉を上げた。

「物ではありません。駒として考えております。政治において、人は駒です。自分自身でさえそれは変わりません」

「そういう徹底した冷たさが君の魅力であり能力でもあるが……僕の側近でいたいなら、今後は表に出さないよう努めるように。オリヴィアは連れて行かない。これは決定事項だ」

「……御意に」

有無を言わせぬ笑顔に、ユージーンは内心冷や汗をかきながらも、涼しい顔で頭を下げるのだった。

悔しさ、悲しみ、無力感。王太子宮から自邸に帰った私は、そんな様々な感情に支配されていた。

けれど一晩経って、朝日が昇るのを眺めているうちに冷静になれた。というか、私の中に渦巻いていた感情が、ノアへの怒りひとつに集約されたのだ。

「解毒できなくても私に毒は効かないんだから、危ないのはノア様のほうじゃない。それなのに私を遠ざけるなんて、意味がわからないわ」

学園にある図書館の奥。ひと気のない棚の辺りで、私はひとり愚痴をこぼしていた。

今日も親衛隊のケイトたちと試験勉強の為に集まっていたのだけれど、どうにも集中できない。気分転換に、毒に関する書籍を探すことにしたのだ。

「禁域の薬草集。これは読んだことがないわね。……毒の罪・毒の罰。これもだわ。意外と貴重な本が揃ってるのね。……あら？」

本棚の下のほうに、古びた本があった。背表紙のタイトルが擦り切れていて読めない。棚から抜き取って、表紙に息を吹きかけると、勢いよく埃が舞った。

「けほっ。……知られざる魔獣の毒？」

何だかタイトルも表紙の雰囲気も怪しげだが、これも一応読んでみようか。

本を手に立ち上がったとき、図書館の窓の向こうに見知った顔を見つけた。

（あれは、ユージーン？　それと……）

ノアの側近であるユージーン・メレディスが、人目につきにくい図書館の裏で誰かと会っている。まるで密会のようではないか。

私は窓辺に立ち、そっと外を窺った。ユージーンの陰になっていて顔は見えないが、一緒にいる相手は男子生徒のようだ。ユージーンより少し背が高く、体格もいい。

（え……ちょっと待って。あれってまさか）

ユージーンがわずかに横にずれる。そこにいたのは第二王子ギルバートだった。ノアの側近であるユージーンが、立場的に政敵である第二王子と、なぜあんな所でふたりきりで。

もしかして、とんでもない密会現場を目撃してしまったのではないだろうか。

こっそり辺りを見回したが、他には誰も見当たらない。セレナは昨日治癒院を再び慰問したそうで、魔力消費の疲れからか今日は休んでいる。

やはり逆行前と同じく、ユージーンは王妃の派閥と関わりがあるのではないだろうか。側近としてノアに近づき、スパイ活動をしているのでは。もしくは、王妃の手先としてノアの命を狙っているとか……。

そうやって私が最悪の想像をしているうちに、ユージーンはギルバートに頭を下げ、踵を返した。ふたりの密会はごく短い時間で終わったようだ。

まるで誰にも会わなかったかのように去っていくユージーン。その背中が見えなくなっても、私はしばらく窓辺から動くことができなかった。

学園から侯爵邸に帰り、自室で今日借りた毒についての本を読んでいると、部屋の外が騒がしいことに気がついた。

「ヴィンセント卿？　何かあったのですか」

ドアを開け、廊下にいるヴィンセントに声をかける。

振り返ったヴィンセントは、相変わらずの無表情で「部屋にお戻りください」と言った。

「怪しい者が、オリヴィア様の部屋に押し入ろうとしています」

「ちょっと！　私は怪しい者なんかじゃありません！」

高い声が聞こえて初めて、ヴィンセントの前に人がいることに気がついた。

裾のほつれたワンピースに汚れたエプロン、くたびれた靴という安っぽい風体の女だった。クセのある赤茶の髪に、浅黒い肌、陰影の濃い顔立ちは、ひと回りほど年上に見える。

そんな、およそ侯爵邸には不似合いな女が、大きな籠を持って立っていた。

「どうやってここまで侵入した」

「侵入って、私はオリヴィア様の専属メイドですよ！」

「嘘をつくな。こんな専属メイドは見たことがない」

　ヴィンセントが腰の剣に手をかけようとしたので、私は慌てて止める。

「ヴィンセント卿。嘘じゃありません。その子は本当に私の専属メイドです」

「お嬢様～！　この人頑固すぎです！」

「まぁまぁ。私のメイクが上手すぎたってことで、許してあげて、アン」

　アンという名前に、ヴィンセントが一瞬目を見開く。

　ヴィンセントには初日に私の専属メイドのアンを紹介している。毎日顔も合わせており、言葉を交わしたことも何度もあるはずだ。

「この怪しげな女が、あのメイドだと？」

「ええ。あの金の亡者のメイド、アンです」

「お嬢様、ひどいです～。こんなに忠誠心あふれるメイドは他にいませんよっ」

　まだ疑わしいといった顔をしていたので、洗顔ボウルを用意し、ヴィンセントの目の前でアンに顔を洗わせることにした。オイルとハーブソープで変装メイクを落とし、最後に赤茶の鬘を外してやると、いつものそばかす顔のアンが現れる。

　変装が解けていく様子を観察していたヴィンセントは、無表情を崩し唖然としていた。

「……本当に、いつものメイドですね」

「だから何度もそう言ったじゃないですか！」

信じられない、と言った顔のヴィンセントに、アンが食ってかかった。

だがヴィンセントは相手にすることなく、元に戻ったアンをしげしげと眺めている。

「一体どのような魔法を使ったのですか」

「魔法じゃなくてメイク。化粧ですよ」

私は化粧品の詰まった棚やワゴンを見せ、胸を張った。

「化粧とは、婦女子を美しくさせるものなのでは」

「基本はそうです。でも時にはこういう使い方もできるんです。例えば……誰にも気づかれないようこっそり動きたいときなんかに」

「こっそり……？」

私がにこりと笑うと、アンがサッと大きな籠を差し出してきた。

「お嬢様。言われたもの、買い集めて来ましたよ！」

「わあ、こんなに？　お手柄ね、アン！」

籠の中には様々なものが入っていた。乾燥した草花、何かの骨、虫の羽根のようなものや、中身が蠢く小袋等。

それを見てヴィンセントが一瞬固まった。

「……何やら、怪しげなものばかりですが」

「怪しいものを頼みましたからね」

アンには王都の中心街、または貧民街に近い辺りで、毒と思われるものを探して購入してきてほしいと頼んでいた。

あらかじめ、簡単に手に入れられそうな草花なども図鑑で見せておいた。

本当は自分で見て買いたかったが、さすがにそれは、と止められてしまったのだ。

籠を受け取ると、ピコンピコンピコン！　と電子音が連続で鳴り響いた。

視界が真っ赤な警告ウィンドウだらけになる。

久々の光景に、何だか懐かしさすら覚えてしまった。慣れというものは恐ろしい。

「これらはだいたい毒ですね。ハズレもありますけど」

籠の底にあったのは古びた小瓶。手に取ると、ちゃぷんと中の液体が揺れた。

訝しむヴィンセントの目の前で封を開け、私は中身を一気に呷った。

「オリヴィア様!?」

「う……っ」

口を押さえながら、その場にガクリと崩れ落ちる。

私を襲ったのは、果実のような甘さとさわやかな酸味だった。深みに華やかな香りまで感じる。まるで高級ワインのような毒の味に、気持ち良く酔えそうな心地になった。

バンガジュラの吐息、どんなものからどう作られたのか想像したくない名前だが、なんと美味しいことか。

「大丈夫ですか、オリヴィア様。お顔が赤く、息も上がっているようですが……」

様子のおかしい私に、ヴィンセントも膝をつき顔をのぞきこんでくる。

無表情だが、微かに心配の色が見えなくもない。そんな表情も素敵、と思ってしまったのはきっと毒のせいだ。本当にちょっと酔ってしまったのかもしれない。

だが再び電子音が鳴り、経験値が入ったことで我に返った。

「こほん。……平気です。私に毒は効かないことは、卿もすでにご存じでしょう？」

ヴィンセントの手を借り立ち上がる。

冷静な騎士は頷きながらも眉を寄せた。

「ですが、なぜこんなに毒を集める必要が？」

「例の事件の毒です。毒の正体がわからないなんて初めてでした。私に出来るのは、毒について調べることくらいです。たくさんの毒を摂取して、毒について知識を深めなければ」

図書館で借りた毒に関する本を見せながら言うと、ヴィンセントは少し遠くを見るような目をした。珍しい表情だ。

知識を深める、というのも嘘ではないが、本命は毒スキルのレベル上げだ。

もうなりふり構ってはいられない。スキルの通じない毒が現れた以上、いざという時のために私はとにかくレベルを上げておかなければ。私の為にも、ノアの為にも。

「お嬢様！　ついでに裏の林で、毒草や毒キノコなんかも集めておきました！」

「最高よ、アン！　臨時のお手当て弾んじゃう！」

「最高なのはお嬢様です！　一生ついていきます～！」

アンには毒スキルのことを話し、侯爵家からの給金とは別に、私のポケットマネーから別手当てを出すことで協力してもらっている。

毒を食べると耐性諸々が上がること、ついでに毒を美味しく感じられることを知ると、アンもさすがにドン引きしていた。だがいまではまったく気にした様子もなく、積極的に手伝ってくれていた。持つべきものは金の亡者である。

ちなみに私のポケットマネーとは、父から定期的に譲渡される資産とは別の、私が個人で稼いでいるお金だ。

離島で暮らしていた間、解毒薬の改良だけに時間を費やしていたわけではない。基礎化粧品から始まり、この世界ではバリエーションがあまりない、白粉や口紅等のメイク用品の開発にも勤しんでいたのだ。

貴族たるもの、直接稼ぐべからず。そんな意味不明な常識があるので、侯爵家と懇意にしている商会に製造から商品化まで任せた。すでに口コミで貴族の令嬢中心に大好評を博している。いま私は生きているだけでマージンががっぽがっぽ入ってくるのだ。

そういうわけで、私は現在元々お嬢様なのに、更に(さら)お金持ちになった。アンの従順さにも磨き(みが)がかかるというものである。

「ヴィンセント卿(きょう)。このことはノア様たちには秘密ですよ」

「……あなたに害がないのなら構いませんが」

「卿が話のわかる方で良かったです」

ノアには遠回しに「余計なことはするな。おとなしくしていろ」と言われてしまったが、私にだって出来ることはある。

毒スキルのレベルアップ。いま私がすべきことは、これである。

こうして毒の摂取にようやく本腰(ほんごし)を入れ始めた私。だが数日後、スキルがレベルアップする前に、良くない報せ(しら)が舞い(ま)こんできた。

報せを直接持ってきたのは、疑惑(ぎわく)の王太子側近、ユージーン・メレディスだった。

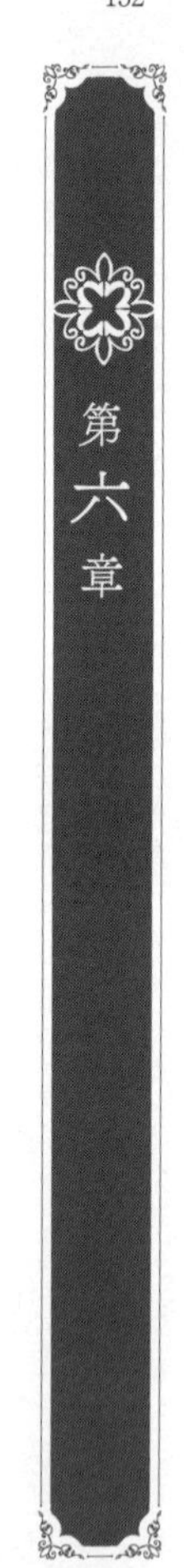

王都の繁華街と貧民街の、丁度真ん中あたりに位置する薄暗い路地。

石造りの集合住宅や蔦に覆われた工房等、背の高い建物の間にその家はひっそりと建っていた。まさに隠れ家、といった雰囲気である。

「ここで……例の商人を捕らえていたのですか？」

ヴィンセントの手を借り馬車から降りた私は、隣に立ったユージーンに尋ねた。

日が落ちかけ、どんどん暗くなっていく路地の中、押し上げられたユージーンの眼鏡が微かに光る。

「ええ。そして本日午後、王太子殿下と私が会議に出席中、この隠れ家が何者かにより襲撃されました」

「何者か……ということは、犯人は捕まっていないのですね」

「現在追跡中です。襲撃により、捕らえていた商人と見張り兼護衛に当たっていた騎士が三名、殺害されました」

淡々としたユージーンの報告に、思わずヴィンセントの手を強く握ってしまう。

気遣わしげな視線が降りてきた気がしたが、何か言われる前にその大きな手を離した。

「どうぞ、こちらです。足元にお気をつけください」

代わりに差し出されたユージーンの手を取り、隠れ家の中へと足を踏み入れる。

室内は薄暗く、狭い廊下には空き瓶や壊れた家具か何かの木片が散乱していた。

慎重に歩を進め奥に向かうと、広間らしき空間に騎士数名とノアがいた。

「ユージーン。急にいなくなったかと思えば……」

振り返り、現れた私たちを見てノアが表情を険しくさせる。

「なぜ勝手にオリヴィアを連れてきた！」

ビリビリと、ノアの怒声が空気を震わせた。

私は思わず肩を竦めたが、隣のユージーンは微動だにしない。

「神子様にご確認いただくためです」

「確認だと？　ここには血と、死体しかないのにか！」

腕を広げ、室内の惨状を示したノア。

彼の言う通り、ひどい光景だった。床には血だまり、壁には飛び散った血痕。カーテンは切り裂かれ、家具は原形を留めないほど破壊されている。

数体の遺体らしきものには、大きな布が被せられていた。

恐らく先ほどノアが見ていた中央の遺体が、商人のものなのだろう。

「商人の死因が、一連の事件のものと同じかどうか確認いただきたいのです。それが出来るのは、神子様しかいらっしゃらないでしょう」

「オリヴィアにも毒の解析は出来ないと、治癒院の一件でわかったはずだ」

「ええ。ですから、今回も毒の解析が出来なければ、同じ毒ということになるでしょう」

「必要ない。どの遺体も傷だらけだが、致命傷ではない。それより遺体の大部分が変色、変質している。その状態から、同じ毒である可能性が高いことは僕にでもわかる」

手を振り、側近の進言を却下するノアの声は冷たい。

私はふたりの会話に口を挟むことも出来ず、彼らを交互に見るしかなかった。

「確かにそうですが、前回と違うのは、毒に侵されている体が死んでいる、という点です。もしかしたら何かわかることがあるかもしれません。王宮医さえ知りえない毒ですから、出来るだけ情報が欲しいでしょう」

「その為に僕の婚約者を、こんな血なまぐさい場所に連れて来たと？」

「私は利用できるものは利用する主義ですから」

そう言った途端、突如青白い光が弾けるとともに、轟音が鳴り響いた。

気付いたときには私を守るようにヴィンセントが前にいて、ユージーンは壁際へと飛び退いていた。先ほどまでユージーンが立っていた場所は黒く焦げ、煙が立ち上っている。

目の前のノアを見て、ようやく事態を把握した。

右手を差し出し、二本の指を下に向けているノア。いつの間に召喚したのか、彼の後ろには淡く発光するペガサスが羽を広げていた。バチバチと、その鬣が放電している。

ノアが、ユージーンに雷を落としたのだ。比喩ではなく、精霊魔法で本物の雷を。

「オリヴィアを道具扱いするなと言ったはずだ」

「私は――」

床に膝をつきながら、ノアを見上げ何か言い募ろうとしたユージーンだが、ノアの指先が再び自分に向けられたのを見て口を噤んだ。

「二度目はない。その僕の警告をただの脅しだと思ったのなら……浅はかとしか言いようがないな」

ノアに見下ろされるユージーンの表情は張り詰めていた。

ユージーン本人だけでなく、見ているこちらまで冷や汗をかいてしまう。

止めに入るべきなのだろうが、ノアの迫力が凄まじく動けない。ここまで怒りを露わにしたノアは初めて見る。

どうしたらいい、と焦っていると、ふとノアが手を下ろした。

同時にペガサスが送還され、ほんの少し緊張感がほぐれる。

「……すまない、オリヴィア。こんな場所に来させてしまった。すぐに侯爵邸まで送ろう」

何事もなかったかのように微笑み、私の手をとったノア。

そのまま隠れ家から連れ出されそうになったので、私は慌てて踏みとどまる。

「オリヴィア？」

「あの……私なら、大丈夫です」

ノアは信じられない、と目を見開き、私の肩を強く掴んだ。

「何を言っているんだ。ここは君がいるべき場所じゃない！」

わかっている。ただの貴族令嬢でしかない私がいるべき場所ではないことくらい。それにノアが私を心配して言ってくれていることもわかっている。それでも、ノアの言葉を突き放されたように感じてしまうのだ。私は必要ない、そう言われているようで。

ノアにそんなつもりはないだろう。純粋に私の身を案じてくれている。けれど、私がこの場に必要ないことが、事実として私の心を突きさすのだ。

だからこそ、このまま帰るわけにはいかない。私はノアを守るために、彼の役に立ちたいのだ。いるべきじゃない、ではなく、いついかなる時も隣にいてほしい。そう言われる存在になりたい。

「確かに、私ではお役に立てないかもしれませんが……」

「待ってくれ。そういうことを言っているんじゃない。僕が嫌なんだ。君にこんな血なまぐさい場所にいてほしくないんだよ」

「ノア様……私はそんなにやわではありません。それにここにはノア様も、ヴィンセント卿もいます。それでも心配なら、ほら。シロを呼びますから」

おいで、とシロに呼びかけると、光の粒子が宙に集まりシロが現れた。

だが床に着地した途端、神獣は前脚で鼻を押さえながらゴロンと後ろにひっくり返った。

『くっさ～～～!!』

「ちょ、ちょっとシロ。いきなり何……」

『えっ!? 何これくっさ！ くっさいよここ！ 何でこんな臭いところに呼び出すのさオリヴィアぁ～～～』

この世の終わり、くらいの勢いで臭い臭いと叫ぶシロに呆れる。

緊張感の欠片もない。そこがシロの良いところと言えなくもないけれど、今じゃない、と思ってしまう。

そこまで臭いだろうか。確かに埃っぽさはあるし、遺体があるのだから、多少は臭うのかもしれないが、私にはよくわからなかった。

「臭いって、どういう風に？」

『何かぁ、色々混ざったような匂いがするんだよぅ』

「色々混ざった……？」

益々わからない。神獣にしかわからない匂いがあるのだろうか。それともただ、犬のように鼻が良いだけか。狼……というより大きいポメラニアンのようだし。

「この部屋に毒が充満してるとか、そういうわけじゃないのよね？」

『そうじゃないけどぉ。でもすっごくすっごく、臭いんだよぅ』

「そうじゃないならいいの」

全然よくなーい！　と抗議の声を上げるシロを置いて、横たわる遺体の横に膝をつく。

「オリヴィア。汚れてしまうよ」

「構いません。……失礼します」

遺体に被せられている布を少しめくり、中から手を取る。

肉厚な手は騎士ではなく、商人の手だった。すでに冷たく、固まっている。死人に触れるのは初めてで、緊張と恐怖で体が震えた。

頭の中で電子音が鳴り響き、ステータスウィンドウが表示される。

【死体：中毒死（???：毒Lv.???）】

（死因も表示されるの⁉）

あの創造神にしては珍しく親切設計だと思ったが、やはり毒の詳細については謎のままで、変化はない。

「……この方を死に至らしめたのは、一連の事件の毒と同じ物のようです」

「毒については？」

ノアに魔法で警告されたことを反省していないのか、食い気味に尋ねてくるユージーンに首を振る。

「シロ。デミウ……創造神から、毒について何か聞かなかった？」

『えー？　何かって？』

コテンと首を傾げるシロに、ため息をついた。

あのマイペースショタ神に本気で期待したわけではないが、それでも落胆してしまう。

「神子様。他になにかわかったことはございませんか？」

「やめろユージーン。オリヴィア、もういい。充分だ。早くここを出よう」

厳しい顔をしたノアに肩を抱かれ、私も今度は素直に頷いた。

これ以上居座ると、業火担に更なる雷の雨を降らされるかもしれない。大して役に立てない上に、邪魔になることだけは避けたい。

ユージーンもさすがにもう引き留めることはしなかった。当然だろう。次は感電死どころか、丸焦げにされてしまうだろうから。

ノアに連れられ隠れ家を出る。馬車に乗りこむとき、ふと、ヴィンセントがついて来ていないことに気づき振り返った。

ヴィンセントは隠れ家の入り口前で、右目を押さえたまま立ち尽くしていた。

「ヴィンセント卿？　どうかしたのですか」

「右目が痛むのか？」

私とノアの問いかけに、ヴィンセントはハッとしたように顔を上げ、目から手を離した。

「いえ……もう大丈夫です」

もう大丈夫？　それは先ほどまでは大丈夫ではなかったということだろうか。眼帯の下の目に、何かあったのか。

気にはなったが、ヴィンセントがいつもの無表情で馬の用意を始めたので、聞くタイミングを逃してしまった。

「早く行こう、オリヴィア。まったく……君をこんな所に連れてきたことが侯爵に知られたらどうなるか」

頭が痛いとばかりに額を押さえたノアに、私も怒る父を想像して震えた。

ノアが雷の雨を降らせるなら、父は王都を氷漬けにするかもしれない。

「ひ、秘密にしましょう。お互いの為に」

「こら。ユージーンにはきつく言っておくが、君も僕以外の男に簡単について行くんじゃない」

じゃないと閉じこめてしまうよ。

いい笑顔でそんなことを言われ、私は笑って流すことしかできなかった。冗談ということにしておきたい。切実に。

馬車に乗りこむ直前に見えたのは、まだ右目を気にするヴィンセントと、彼を嫌な顔で避けるシロ。

そして、そんなヴィンセントをまるで観察するように見つめる、ユージーンの姿だった。

大事な話がある。侯爵邸ではなく王太子宮に向かって構わないか。

真剣な顔をしたノアにそう言われ、一体どんな話だろうかと緊張しながら、王太子の執務室に来たのだけれど。

(まさかこんなことになるとは……)

部屋にふたりきりになるなり、なぜかソファーでノアの膝に乗せられてしまった。抵抗する暇さえなく、流れるように私ｏｎ膝だった。

背中からぎゅうぎゅうと抱きしめられながら、私は無になろうと試みる。

私は何も考えない。感じない。動かない。いまだけただのお人形になるのだ。

「はぁ……やっとオリヴィアを補給できた。もうここの所ずっと、オリヴィア不足で死にそうだったんだ」

「私は栄養素か何かですか」

あ。しまった。つい突っこんでしまった。ダメだ、無にもお人形にもなりきれなかった。

ノアは余計に私を抱きしめる力を強め、声をワントーン低くする。

「今回は君に文句を言う権利はないよ。殺害現場に君が突然現れたときの僕の気持ちがわかるか？」

「それは、ノア様も承知しているとばかり思っていたので……」

手紙で呼び出されるとか、迎えに来たのが知らない相手なら私だって警戒するが、今回迎えに来たのはノアの側近のユージーンだったのだ。責められる謂れはない。

「さっきも言ったが、他の男に簡単について行くな。君は知らないうちに危険に飛びこんでいく習性があるからな」

「そんな、人を野生の獣のように」

「しかも真っすぐ躊躇なく飛びこんでいく」

「躊躇はしています。……多分」

反射で動く時もあったかもしれないが、大体は考えている。

なぜなら私は、本来なら毒殺される予定の悪役令嬢。いつシナリオの強制力で死に至るかわからない存在なのだ。

人一倍警戒はしているつもりなのに、どうしてそれが伝わらないのだろう。

「ユージーンはまあ、僕の側近だったから仕方ないとはいえ、今後は気をつけてくれ。怪

しいと思ったときは、神獣を寄越して確認を取ることもできるだろう？」

王太子殿下にかかると、神獣も伝書鳩扱いか。

その伝書鳩扱いされている神獣は、部屋の隅で腹を見せてだらしなくお昼寝中だ。

「あの通り、うちの神獣は怠惰なので、そのとき動いてくれるかはわかりませんけれど」

「躾が足りないのでは？　僕が躾を引き受けようか」

（神獣を躾けるって……）

神を畏れぬ王太子殿下の発言に、さすがの私も頬が引きつる。

いや、私も創造神に対して畏れ敬う気持ちは一ミリもないけれど、さすがに国教の神の遣いをペット扱いするのは、次期国王としてどうなのだろう。

この部屋にいるのが私だけだから良かったものの、誰かに聞かれたら大問題だ。

「シロの躾より、私はユージーン公子を監視するべきかと思います」

「ユージーンを？　なぜ」

私はノアの腕を軽く叩き、膝から降ろしてもらうことに成功した。

隣に腰かけ、真っすぐにノアの瞳を見つめる。

「公子の行動が怪しく見えるのです。聖女セレナ様にこっそり話しかけていたり、学園でもギルバート殿下と密会しているのをこの目で見ました」

「聖女にギルバートか……」

「メレディス公爵家は現在中立的立場と聞いておりますが、本当はまだ王妃の派閥にいるのでは？　それに、王族派のブレアム公爵家のご子息である、ヴィンセント卿への態度も気になります」

それまで真摯に耳を傾けてくれていたノアの、目の色が変わった。

「またヴィンセントか。オリヴィア。君は最近ことあるごとにヴィンセントの名を口にしていることに気づいているのかな？」

「こ、ことあるごとだなんて。そんなには……」

していない。多分。していないはず。

確かにヴィンセントのことは、主人公の攻略対象者として気にはしている。本来のルートに戻してあげられないかと常に考えている。いや、常にというほどではないけれど、時々。もしくは、たまに。

けれど婚約者であるノアの前でそういう態度は出していないはずだ。私は真剣に、セレナやヴィンセントやユージーン、それからこの乙女ゲームに酷似した世界のことについて心配しているのだ。

「まさか、本当に彼に気があるんじゃないだろうね？」

「いまはそんな話をしているんじゃありません！」

「そんな話？　僕にとって君の心については、何より大事な話だが」

ヴィンセントたちのことなどどうでもいい、とでも言いたげなノアの態度に、私はどんどん腹が立ってきた。

私が彼らのことを考えるのは、結局のところノアの為だ。ノアの安全を願うから、ユージーンのヴィンセントへの態度が気になる。いつシナリオに殺されるかわからない存在のノアだから、こんなに心配しているのに。

自分のことだけ見てほしいなんて言うくせに、私が本当に心を砕いても、それを必要ないかのように切り捨てるのはノアではないか。

「重要な話をしようとすると、そうやってすぐはぐらかすんですね！」

「はぐらかす？　君は本当にわかっていない」

呆れたように首を振るノア。

まるで幼い子どものような扱いに私は傷ついた。

「私は……確かに、何も知りません。今回の事件でも、政治的にもお役に立てることだって……」

私が俯くと、すかさずノアが私の手を強く握りしめてきた。

「そうじゃない。オリヴィア。君が本当にヴィンセントに気がある、なんてことになった日には、この国から公爵家がひとつ消えることになるだろう」

「そうやって脅して、意識を逸らして、私を操るおつもりですか」

顔を上げ、真っすぐにノアを睨む。

けれど彼はまるで動じていない顔で見つめ返してくる。

「脅しじゃない。本気だよ、僕は」

ああ、この人には私が何を言っても届かないんだ。

それがわかった私はノアの手を振り払い、立ち上がった。

「申し訳ありませんが、お暇させていただきます」

「オリヴィア」

「私はシロに乗って帰ります。ヴィンセント卿にも、今日の護衛は終わりにして帰るようお伝えください」

私が呼ばなくても、寝ていたはずのシロは起き上がり、とてとて近づいてくる。

ふわふわの頭を撫でて、私は執務室の大きな窓を開いた。

「待ってくれ、オリヴィア。怒ったの？」

怒ったの？　だなんて、そんなこともわからないのかと悲しくなる。

そう、そうだ。私は悲しいのだ。とても、傷ついたのだ。

シロに乗り、飛び立つ前に振り返る。

ノアは少し困ったような顔をしていた。その程度なのだな、と私は思わず笑ってしまった。こんなにも伝わらないものなのだな、と。

「……殿下は、もう少し真面目に取り合ってくださると思っていました。残念です」

「オリヴィア」

ノアの引き留める声がしたけれど、私はもう振り返ることなく、窓辺からシロとともに飛び立った。

執務室から飛び出したあと、私はシロに乗ってゆっくりと侯爵邸へ向かっていた。

上空の涼しい風を受けていると、少しずつ心が落ち着いてくる。ヨガだけでなく、たまには空中散歩もいい。心のデトックスになりそうだ。

『オリヴィア〜』

「なぁに、シロ」

風になびく髪を押さえながら返事をすると、シロはちらりと顔を後ろに向けた。

『あの王太子こわぁ。婚約者は選んだほうがいいと思うよぅ』

「え？　ああ、躾の話を聞いてたのね。大丈夫。彼なりの冗談よ」

『絶対冗談じゃなかったと思う……』

元気づけようとシロの頭を撫でる。

けれどその柔らかな毛並みに元気づけられたのは、私のほうだった。

「ねぇシロ。私ってそんなに頼りないのかな」

『う〜ん。頼れるって感じじゃないかなぁ。また何か変なこと考えてるなって、僕でも思うしぃ。頼れるっていうより、危なっかしい？』

遠慮のない物言いに、さすがに撫でる手も固まってしまう。

「シロにまでそう思われてる私って……」

『まあ、僕はお互い様だと思うけどねぇ』

「お互い様って？」

『オリヴィアもノアも、お互いを心配しすぎて、相手の主張を聞かないんだよぉ』

だからケンカするんでしょ。

やれやれ、と神獣に首を振られ、こんな仔犬神獣に言われるなんてとショックを受ける私だった。


学園の回廊を歩く王太子ノア。その後ろにユージーン・メレディスは静かにつき従う。

ここ三日ほど、ノアは非常に機嫌が悪い。婚約者である神子、オリヴィア・ベル・アーヴァインと先日仲違いをしたからだ。

実はあの日、隠れ家から王太子宮へ移ったあと、執務室の前でふたりの話が終わるのを待っていると、室内から口論する声が聞こえてきてしまった。

どうやら自分のせいで言い争っているようだと気づき、立ち去ろうかとも思ったが、同じく廊下で待機していた異母兄、ヴィンセントがいたせいで動くに動けなかった。

あの男も聞いている状況で自分が立ち去ると、まるで自分に非があるから逃げるようで嫌だったのだ。ヴィンセントのほうは、気にも留めていないような無表情だったが。

そうこうしているうちに、神子は神獣に乗って王宮を去ってしまった。

その後ノアが執務室から出てきたときの表情といったら、ひどいものだった。特にユージーンとヴィンセントのことは、親の仇かのように睨みつけてくる。

ユージーンにとってノアは聡明で理知的な王子だ。将来、彼がこの国の王になれば、名君と謳われるようになるだろう。

だが、未来の名君もまだ若いということだろうか。こと婚約者に関しては、余裕のないただの男と成り下がる。神子オリヴィアの一挙手一投足に感情を揺さぶられ、政務に影響まで出る有様だ。

いや、政務に影響と言うと語弊がある。仕事の質や速度に関しては問題ない。問題があるのは周囲だ。ノアの機嫌によっては指示や判断が厳しくなるので、王太子付きの文官は戦々恐々としている。オリヴィアに振り回されるノアに、ユージーンたちもまた振り回されるのだ。いい迷惑である。

婚約や結婚など、ユージーンにとっては貴族の責務のひとつに過ぎない。

愛だの恋だの、実にくだらない。血の繋がる人間でさえ裏切り傷つけ合うというのに、赤の他人にそこまで心を明け渡すなど、正気の沙汰とは思えない。

宰相である父も、半魔のくせに騎士となった異母兄も、優秀な王太子も尊い神子も憐れな聖女も、すべては駒だ。それ以上でも以下でもない。それが一番合理的で、間違いのない考え方だと思っている。

ふと、目の前でノアの足が止まった。ぶつかる前にユージーンも止まり、何かあったのかと前方を見る。

すると、回廊の奥からこちらに向かって歩いてくる女子生徒の姿があった。後ろにはユージーンにとって忌むべき存在の騎士がついている。

(神子オリヴィアか……嫌なタイミングだ)

今朝はノアが侯爵邸に王宮の馬車で迎えに行くと先ぶれを出していたのにもかかわらず、オリヴィアは先に学園に行ってしまったらしい。おかげでノアの機嫌はすこぶる悪い。

このままでは鉢合わせするがどうするのだろう。

黙って見ていると、オリヴィアもこちらに気づき、一瞬立ち止まった。だがそのまま方向転換し、回廊から庭園へと下りてしまった。誰の目にも明らかな、完全なる拒絶である。

(午後の政務では雷の雨が降るか……)

先日、隠れ家でノアに雷の精霊魔法を落とされたことを思い出し、内心ゾッとしながら一歩距離を取る。

そのノアはというと、オリヴィアとヴィンセントの姿が見えなくなるまで、ただ黙って立ち止まったまま彼らを見送っていた。

「……よろしかったのですか」

手紙の返事ももらえず、避けられ続けていた相手と、やっと会って話せるチャンスだったというのに。

案外あっさり諦めるものだな、と思っていると、ノアは庭園に視線を止めたままぽつりと呟いた。

「僕らの気持ちは変わらない」

「気持ち、ですか」

「ただ、お互い頭を冷やす時間が必要なだけだ」

言葉とは裏腹に寂しさを含んだ声で言うと、ノアは再び歩き出す。

黙ってその背を追いながら、ユージーンは失笑した。

(変わらない？　馬鹿馬鹿しい。人の気持ちほど柔く、変わりやすいものなどないというのに)

中休み、私はヴィンセントの勧めで庭園に向かった。

気分転換にでも、と言われ、あのヴィンセントに気を遣われるほど自分は落ちこんで見えたのか、と軽い衝撃を受けた。

（だってヴィンセントって、自分の世界で生きてるというか、思いやりって言葉からはほど遠いイメージなのよね）

何を考えているのかよくわからない無表情。侯爵邸の自室での護衛時には微動だにしない姿は、まるでよく出来た騎士の置き物のように見えてくるほどだ。

少しはヴィンセントも心を開いてきてくれたということだろうか。そう思いたい。

「……セレナ様？」

庭園のあずまやに着くと、そこにはすでに先客がいてテーブルに着いていた。

私を見て、慌てた様子で頭を下げる。

「こんにちは、オリヴィア様！」

「いついらっしゃったのですか？　今日はてっきりお休みかと」

朝は教室にセレナの姿は見当たらなかった。ギルバートも休みのようだったので、王宮で何か用事があるのだろうと思っていたのだ。

「はい。休みの予定だったんですけど、ええと、その……」

セレナがちらりと私の背後に立つヴィンセントに目をやる。

「……ヴィンセント卿？」

「申し訳ありません。俺が聖女様をお呼び立てしてしまいました」

なぜヴィンセントがセレナを？　と思ったところでハッと気づく。

もしかしてもしかして、今になって主人公と攻略対象者としてのフラグが立ったのでは?

もしかしてもしかして、ふたりの物語が正しい方向に軌道修正され始めたのでは!?

諦めかけていた主人公と攻略対象者の関係復活の可能性に、私は舞い上がった。

（きゃーどうしよう！　俺は聖女様の騎士になりたいので、あなたの専属を辞めさせてください、とか言われたら！）

はい喜んでー！　と居酒屋店員ばりの溌剌とした返事をするつもりでいたのだけれど、ふたりを見るとどうもそういう雰囲気ではない。もっと重々しい緊張感が漂っていた。

「聖女様。先日、治癒院でユージーン公子に話しかけられましたね？」

「は、はい」

「その会話の内容を、オリヴィア様にお話しください」

これは……と、私は出たばかりの期待の芽を、自ら瞬時に摘み取った。

多分これはシナリオ軌道修正フラグではない。全然違うやつ。もっと真剣に聞かなくちゃいけないやつ。だから落ち着け、と自分に言い聞かせた。

「で、でも。それは誰にも言わないほうが……」

「ユージーン公子に口止めされましたか」

そうではありませんが……、とセレナは困ったように首を振る。

「とても私的なことですし、許可なく他の方にお話ししていいことだとは思えません」

ユージーンがセレナに、私的な頼みごとをした？

私的なこととは一体どんな類のものだろう。政治的なことではないようだが気になる。

セレナをじっと見つめていると目が合った。その途端、彼女は慌てたように胸の前で両手をぶんぶんと振る。

「も、もちろん、オリヴィア様が言いふらすなんて考えてません！　そんなことはありえないとわかってます！　で、でも……」

困り果てたように、どんどん小さくなっていくセレナ。

善良なセレナにこれ以上問いかけるのは酷だろう、と思ったとき、ヴィンセントが短く息を吐いた。

「ユージーン公子との話の内容は、恐らく彼の姉のことでしょう？」

ヴィンセントの静かな声に、セレナは勢いよく顔を上げた。

「え……ご存じだったんですか？」

「見当はついていました。ですから、あなたが話さない場合、俺が話します。王太子殿下と神子様が婚約破棄、などという噂が立つ前に」

ノアと私の婚約破棄。それを聞いて、私は驚きすぎて固まってしまった。

ヴィンセントがセレナを呼び立てたのは、私たちを心配してのことだったのか。

聖女とのフラグ、なんて一瞬喜んだ自分を恥ずかしく思った。ヴィンセントのことを、思いやりからほど遠い、などと思い違いもいいところだ。ぼんやりして何を考えているのかわからないけれど、彼は実はとても気遣いに溢れた優しい人だった。恐らく。

相変わらずの無表情だけれど、ヴィンセントは信頼できる騎士だといま心から思った。

「……わかりました。ヴィンセント卿がご存じなのでしたら、隠しても意味がありませんもんね」

諦めたように力なく笑うセレナに、私はハッとして彼女を止めた。

「セレナ様。無理に話されなくても……」

「いいえ。このことが理由でオリヴィア様と王太子殿下が仲違いされているのであれば、私もつらいですから」

親衛隊の方々も心配されてるんですよ、と微笑まれ、私は皆の優しさになんとも言えない気持ちになる。毒殺される予定の悪役令嬢だけれど、私にはいつの間にか、こんなにも私のことを案じてくれる人たちがいたんだな、と。

「実は、ユージーン様のお屋敷に招待されたんです」

「え……」

「オリヴィア様も驚きますよね。私も突然だったのでびっくりしました」

なぜ王太子の側近であるユージーンが、第二王子の庇護下にあるセレナを？

やはり何か企てているのでは、と思いかけたところで、ある可能性に気づいてしまった。

（まさか、聖女とユージーンのフラグが成立してたの⁉）

考えてみれば、ユージーンもヴィンセントと同じくゲームでは攻略対象者だ。どうしてその考えに至らなかったのだろう。

いや、けれど決めつけるのは早い。ヴィンセントのことだって私の勘違いだったのだ。ユージーンのことも安易にフラグと考えるのは良くない。もっと重大な理由があるのかもしれないのだから。いい加減、学ばなければ。

私は自分を落ち着けようと、一度咳ばらいした。

「ええと、セレナ様？　そのお誘いはどういった目的だったのでしょう？　単純にお茶会に誘われたのですか？　それともメレディス公爵に紹介、とか？」

「えっ？　あっ。い、いえ！　そういうのではなく！」

セレナは顔を赤くして、勢いよく首を振り否定する。

「なんというか、聖女としての私に頼みがあると……」

「聖女として？　それはつまり……」

「はい。光魔法でお姉様を治癒してほしいというお話でした」

危なかった。またフラグかと早とちりをするところだった、と胸を撫でおろす。

そういえば、前にヴィンセントが言っていた。ユージーンの姉が寝たきりだと。確か、目の前で母親を魔族に殺され、心を病んでしまったのだと。

ヴィンセントを仰ぎ見ると、静かに頷いて返された。

「あの……聖女の光魔法は、心の病にも効くということでしょうか？」

セレナではなく、ヴィンセントに尋ねる。

「それは俺にもわかりかねますが」

ヴィンセントはそう正直に答え、セレナを見る。

私とヴィンセントに視線を向けられたセレナは「え？　こ、心？」と戸惑った顔をした。

どうやらユージーンには詳しく説明されているわけではないらしい。

もうひとつだけ確認しなければならないことがある。必要ないかもしれないけれど、私は念のため聞いてみることにした。

「セレナ様。先日、ユージーン公子とギルバート殿下がお話ししているところを見たのですが……」

「え？　あ……もしかして、言伝のことでしょうか」

「言伝？」

「私の予定はギルバート殿下付きの文官の方が管理していて、個人の邸宅にお伺いすることにすぐに許可が下りなかったんです。その内にギルバート殿下から、ユージーン公子から聖女の予定を聞かれたと。出来るだけ早く、屋敷に招待したいと言伝を受けました」

どうやら私が学園で目撃したふたりは、密談中などではなく、ユージーンが聖女の訪問を催促していただけだったのか。

「……ギルバート殿下はどのような様子でした？」

「ええと、文官の方は警戒していらっしゃる感じでしたけど、殿下は特には。むしろ、公子が困っているようだったから、予定を空けられるよう文官に上手く言っておく、と」

きっとその説明に偽りはないのだろう。

あの俺様のくせに真っすぐなギルバートが、聖女を騙して裏でこそこそ何かやるとは考えにくい。彼はメイン攻略対象者という名のヒーローなのだから。

ということは、私が目撃したユージーンの怪しい行動イコール、ノアへの裏切りではないということか。

「つまり、私の思いこみ……！」

ショックと罪悪感に思わずがくりと項垂れた。

「お、オリヴィア様!?　すみません、私何か余計なことを言ってしまったんじゃ」

「いいえ……セレナ様。話してくださって、ありがとうございます。おかげで自分が勘違いをしていたことに気づけました」

落ちこんでいる場合か、と自分に気合を入れて顔を上げる。

にっこり笑って見せると、セレナは心配そうにしながらも頷いてくれた。

「それなら良いんですが……」

「ヴィンセント卿もありがとうございます」

「いいえ。差し出がましいことをいたしました。お許しください」

そう言うなり頭を下げるヴィンセントを慌てて止める。

「とんでもない。私とノア様のことを考えて、セレナ様に声をかけてくれたんでしょう？おふたりのおかげで、私は自分の愚かさがわかったんです。本当に感謝しています」

ふたりが私の為に話してくれなければ、ずっと勘違いと思いこみでノアとユージーンに対し距離をとってしまっていただろう。

事情を知ったいま、私がやるべきことは決まっている。気まずいけれど、勇気を出さなければ。

私がパンと自分の両頰を叩くと、なぜかセレナが涙目になって悲鳴を上げたのだった。

次の日もノアとユージーンは学園には来なかった。

一連の事件が解決しないと、ふたりの忙しさは続くのかもしれない。

このままでは謝るのは随分先になってしまう。そう思った私は学園が終わったあと王太子宮に押しかけ、執務室に入るなり頭を下げた。

「大変、申し訳ありませんでした！」

本当に申し訳なくて、ふたりの顔は見られない。

なんなら土下座をする覚悟だった私に、ノアが「やめてくれ」と駆け寄ってきた。

「オリヴィアが頭を下げる必要なんてないよ」

「いいえ、ノア様。私が悪いのです」

「君は悪くない。君を思うあまり、僕の思いばかりを押しつけて、君の気持ちを軽んじてしまった。悪いのは僕だ」

だから顔を上げて、と大きな手で頰を包まれ、優しく上を向かせられる。

ノアは悲しそうな顔をしていた。私が傷つけたのだ。

「でも、私が思い違いをしたばかりに。……学園でも避けてしまって、本当に申し訳ありませんでした」

「確かに、避けられたのはつらかった」

「う……。ご、ごめんなさい」

もう一度頭を下げようとすると、それを止めるかのように抱きしめられた。

久しぶりにノアの香りに包まれて、自分でも驚くほど安心する。いるべき場所に帰ってきたような、そんな感覚だった。

「いいんだ。……はぁ。良かった。嫌われていたらどうしようかと、夜も眠れなかったんだ」

「ノア様が、そんな風に？」

「そうだよ？　僕はオリヴィアのことになると、てんで弱いダメな男になる。僕はね、君がいないと生きていけないんだ」

頰に手を添えられたので、自分からその手の平にすり寄る。

そんな私を見て、ノアは目を細めた。

「オリヴィアは僕がいなくても生きていけるだろうけどね。僕は無理だ。だから絶対に離してあげられない。覚悟してほしい」

「私だって……同じです。ノア様と私は、運命共同体でしょう？　ずっと一緒です」

「オリヴィア……」

星空を閉じこめた瞳が、私だけを映し輝く。

ノアに見つめられると、心も体も吸いこまれそうになる。

ゆっくりとノアの顔が下りてきた。うっとりしながら彼の唇を迎え入れようとした時、

「ンンッ！」

低く大きな咳ばらいが聞こえ、ハッと我に返る。

ユージーンがいつも以上に冷え切った顔で、抱き合う私たちを見ていた。

しまった。彼の存在を一瞬忘れていた。

「仲直りをされるのは結構ですが、それ以上は私が退室してからにしていただけますか」

邪魔をするつもりはございませんので、と素っ気なく言って出て行こうとするユージーンを慌てて止める。

「ま、待って！　私はノア様だけでなく、ユージーン公子にも謝罪したいのです！」

私の言葉にユージーンは立ち止まり、訝しげに眉を寄せた。

「私に？　なぜ」

「それは……あなたを疑っていたからです。聖女や第二王子と密談するあなたを見て、王妃派の人間なのではないかと勘違いをしておりました」

本当に申し訳ありません、とノアの腕から出て頭を下げる。

「ああ……なるほど。確かに私の母方の家は貴族派でしたからね。それで、なぜ私を王妃派の人間ではないと判断されたのですか？」

「それは、セレナ様やギルバート殿下とお話しされていた内容が、政治的なものではないとわかったからです」

「わかった？　なぜ……」

ユージーンはハッとした顔で、入り口に控えるヴィンセントを見た。

ヴィンセントはその視線を受けても無表情のまま、警護に徹している。

「……どうやら、その男が余計なことを言ったようですね」

「ヴィンセント卿は悪くありません。私が浅はかだっただけなのです。……ユージーン公子。あなたは聖女セレナに、ご家族の治療を依頼されたのでしょう？」

私の問いかけに、ノアも「そうなのか？」とユージーンを見る。

私たちの視線を受けても、ユージーンはしばらく黙っていた。けれどやがて、諦めたようにひとつため息をついた。

「我がメレディス公爵家が長年秘匿してきたことです。本来であれば何ひとつ語りたくはありませんが……仕方ありませんね。お仕えする王太子殿下と、その婚約者の仲がこじれる原因となるのは本意ではないので」

そう言うと、ユージーンは私たちにソファーに座るよう勧め、メイドにお茶を用意するよう指示を出した。

テーブルに紅茶と茶菓子が置かれ、メイドが退出すると、ユージーンはもう躊躇う素振りも見せず話し始める。

「私には五つほど上の姉がいるのですが、姉は子どもの頃から臥せっており、社交界には一度も顔を出したことがありません」

「ああ。病弱な方だと聞いているが」

「表向きはそういうことになっておりますが、実際は違います。姉は生まれたときは健康でしたし、病気がちというわけでもなかった。ある事件がきっかけで、屋敷から出ることが出来なくなりました」

「事件というのは、母君の？」

ここまではノアもヴィンセントから聞いていたのだろう。

ユージーンも、ノアが知っていることを承知していたように話していく。

「ええ。母が魔族に殺された、あの事件です。姉は、母が魔族の手にかかったとき、その場に居合わせ、ある呪いを受けたのです」

「呪い……？　心を病んだのではなかったのですか？」

ちらりとヴィンセントを見る。ヴィンセントは入り口の横に直立不動の姿勢のままだったが、じっとユージーンを見つめていた。

「……事件を知る関係者には、そのように説明し口止めをしました。ですが姉は心を病んだのではなく――」

ユージーンは両手を強く握りしめる。怒りだろうか。その手は小刻みに震えていた。

「魔族の呪い、としか言いようがありませんでした。まず目からそれは始まった。姉の目が変色しだし、目の周囲が爛れたように色形を変え、やがて目を開けることもできなくなりました。ゆっくりとその呪いは姉の体に広がっている。そして姉は恐ろしい痛みに耐えながら、何年もの間、毎日ただ寝台の上で息をしているのです」

感情を押し殺したユージーンの声に、私もノアも口を挟むことができない。

けれど、ユージーンが話す姉の症状はまるで——。

「その姉の容態が、日に日に悪くなっている。医者にも匙を投げられ、政治的なことで教会の大神官には祈禱の依頼もできない。父も諦めたように姉を気に掛けることがなくなっていく。そんな時、今回の未知の毒による事件が起きました。私は奇跡が起きたと思いましたよ。なぜなら、未知の毒の症状が、姉の症状とよく似ていたからです」

やはり、と私とノアは顔を見合わせた。

ヴィンセントをちらりと振り返ると、今度は彼も信じられない、といった顔をしていた。まさか、腹違いの姉がそんな状況にいるとは想像もしていなかったのだろう。

「だから、セレナ様に……」

「ええ。聖女なら、姉を治せるかもしれない。治すことはできなくても、進行を遅らせることは可能かもしれない。政治的に軽々しく頼める相手でないことは承知の上でした」

ユージーンは姿勢を正し、私とノアを交互に見た。

「私のほうこそ、おふたりに謝罪せねばなりませんね。私のせいで殿下と神子様にご迷惑をおかけしてしまい、申し訳ございません」

「やめてください、ユージーン公子」

「そうだよ、ユージーン。今回のことはそれぞれが悪かった、ということで終わろう」

頭を上げて私とノアを見たユージーンは、複雑そうな顔で笑った。

おふたりは甘くていらっしゃる、と。国王夫妻になるのであれば、もっと冷徹にならなければいけないと。なんだかとても、ユージーンらしい物言いだと思った。

仲直りは果たした。これ以上忙しいふたりの邪魔になってはいけないと、私はすぐに下がることにした。

「ずっと……魔族の兄を公爵家から追い出したせいで、呪いがかかったのだと思いこんでいました」

執務室を出る直前、ユージーンがぽつりとそんなことを言った。

私は少し考えてから、ヴィンセントのグローブを外し、その手に直に触れてみた。

「オリヴィア？　なぜヴィンセント卿の手を握る？」

業火担が冷たい笑顔で圧をかけてきたけれど、笑って誤魔化す。というか、握ってはいない。触れただけなので許してほしい。

頭の中に電子音が響き、ステータスが目の前に表示された。意外な表記を見つけ、私は驚きを必死に堪えつつ、そっとヴィンセントの手を離した。

途端に私の手をノアがすかさず取り、ハンカチでゴシゴシと拭いてくる。

ノア様、さすがにその対応は人としてどうかと思います。

「……ヴィンセント卿は魔族ではありません」

私が告げると、ユージーンは眼鏡を指で押し上げながら眉を寄せた。

「なぜそうと言い切れるのでしょうか」

どう答えたものか。ステータスが見えるとは言えないし。いや、言ってもいいのかもしれないけれど、信じてもらえるとは思えない。それならば――。

「神のお告げです」

私は可能な限り神子らしく見えるように、清らかに笑うのだった。

ノアたちに謝罪をしてから三日後、セレナの都合がようやくついた。

と言っても、メレディス公爵邸への訪問としてではない。神子である私との私的な交流、つまり放課後一緒にお出かけしましょ、という名目での時間の都合がついたのだ。

その日の授業が全て終了したあと、セレナだけ私の家の馬車に乗り学園を出た。護衛もアーヴァイン侯爵家の者とヴィンセント卿だけだ。

聖女の単独行動などなかなか許されないだろうに、都合をつける為に文官にかけ合ってくれたギルバートは、今回来ていない。ユージーンの事情に配慮してくれたのだろう。

逆行前のギルバートには良い思い出はないけれど、やはりメイン攻略対象者。基本、イイ奴なのだと思う。

（いまのギルバートは、どうにも憎めない相手なのよね……）

セレナと幸せになってくれたらいいな、と願うほどには、私はいまのギルバートに好感を持っていた。好感と言っても、友愛のような類だけれど。

メレディス公爵邸に着くと、ユージーンが出迎えてくれた。

「本日は、貴重なお時間を割き我が家に来ていただいたこと、心より感謝申し上げます」

「えっ！　そ、そんな！　とんでもないです！　こちらこそ！」

ユージーンに頭を下げられオロオロするセレナに、思わず笑ってしまう。

聖女となってたくさんの人に傅かれているのに、セレナはちっとも変わらない。元は平民だった彼女は、他人、ましてや貴族に敬われることにいまだに戸惑っている。

そういうところが、純真で愛らしい主人公だなと思う。

「オリヴィア様もありがとうございます。王太子殿下は中でお待ちです」

ユージーンは私の後ろに控えるヴィンセントをちらりと見たが、すぐに背を向けた。

魔族の子として追い出された義兄が、時を経て家に戻ってきたのだ。思うところはあるだろうが、今日は衝突する気はないらしい。

「オリヴィア。待っていたよ」

「ノア様」

応接室に入ると、お忍び風にマントを羽織ったノアがいた。ソファーから立ち上がるなり、私を抱きしめてくる。

あまりに自然な流れだったので、されるがままになってしまった。横からセレナが向けてくる温かな眼差しがくすぐったい。

「途中、おかしな輩、おかしな輩に遭遇しなかった？」

「おかしな輩、ですか？　特に変わったことは――」

ありませんでした、と言おうとしたとき、ヴィンセントが一礼してから口を開いた。

「尾行が数人いたので、途中で妨害し撒いてきました」

「えっ。尾行⁉」

「全然気づきませんでした……」

私とセレナは、ヴィンセントの言葉に思わず同時に声を上げた。

馬車の中では特に変化は感じなかった。急にスピードが出ることも、突然何かに襲われたような衝撃もなかったのだが。

ノアがヴィンセントに「よくやった」と労いの言葉をかける。私からも感謝を伝えると、ヴィンセントの見えない尻尾がぶんぶんと振られたような気がした。

「早速、姉の部屋にご案内いたします」

広い公爵邸の廊下を、ユージーンを先頭に進む。窓から見事な庭園が見えたが、いつの間にか空には厚い雲がかかり、薄暗くなっていた。

やがて、ユージーンはある扉の前で足を止めた。ここが、彼女の姉の部屋らしい。

ユージーンは私たちを振り返り、硬い表情で口を開く。

「姉はいま目が見えておりませんし、言葉も上手く発することができません。ですが耳は聞こえています。どうか、姉を見てあまり驚かずにいただきたい」

「……わかりました」

私たちが頷いたのを確認し、ユージーンは扉をノックした。

「姉上。ユージーンです。お話しした通り、お客様をお連れしました。入りますね」

部屋の中の姉に話しかけるユージーンの声に、私だけでなく誰もが驚いた。

なぜなら、あまりにも普段のユージーンと様子が違ったからだ。

（え、今の誰の声？　甘すぎない？　姉にかける声じゃなくない？）

まるで愛おしい恋人にかけるような、甘やかでしっとりとした声だった。

動揺する私たちに気づく様子もなく、ユージーンは扉を開けて部屋に入っていく。

ノアがいち早く我に返ったように、私たちに「行こう」と声をかけてくれて、私とセレナもなんとか頷き後に続くことができた。

「姉上。ご無理はなさらず。そのままで良いと、殿下から許可をいただいておりますから」

ユージーンは部屋の奥にある天蓋付きのベッドに歩み寄ると、そこに横たわる人に優しく声をかける。

その横顔はやはり、私の知るいつものユージーンではなかった。最早別人だ。普段は冷たさしか感じない眼鏡の奥の瞳が、とろりと溶けそうなほど甘く微笑んでいる。

いや、もう誰だお前は。腹黒鬼畜眼鏡キャラはどこ行った。

「皆様、どうぞこちらに」

ユージーンに促され私たちはベッドに近づいた。

横たわっている女性の顔が見えた瞬間、私は思わず足を止めてしまった。

動けなくなったのは私だけではない。すぐ隣でセレナも両手で口元を覆い固まっていた。

「姉の、ユーフェミアです」

ユージーンに紹介されたユーフェミアは、彼と同じ印象的なモスグリーンの髪をシーツに波打たせていた。首筋や手首はひどく痩せ細り、まるで生気を感じられない。

そして何より私たちを驚かせたのは彼女の顔。ユージーンの実姉ならば、きっと美しい人なのだろう。だがいま彼女の顔は、ほとんどが赤紫色に変色し、ぼこぼこと腫れあがり、どこが目でどこが鼻なのか、はっきりと判別できない状態になっていた。

彼女は生きているのだろうかと、本気で疑いたくなるほどのひどい病状だ。か細い呼吸の音だけが、ユーフェミアが生きていることを証明していた。

かろうじて唇とわかる部分が、パクパクと喘ぐように動いた。すかさずユージーンが耳を寄せる。

「……殿下。姉が、このような姿で申し訳ないと」

「ユーフェミア公女。謝るのはこちらの方だ。このように押しかけてしまい申し訳ない」

ノアの声に返事をしようとユーフェミアが唇を動かしたとき、彼女は急に咳こんだ。

固まっていたセレナが、ハッとした顔でユーフェミアに駆け寄る。

「大丈夫ですか？　すぐに光魔法をかけますね！　あっ。す、すみません！　私、セレナ・シモンズといいますっ」

「姉上。聖女セレナ様です。姉上の為に力を貸していただけることになりました。きっといまより良くなります」

ユージーンが頷いたのを見て、セレナは早速光の女神を召喚し、ユーフェミアを温かな光魔法で包みこんだ。

光の女神と一体化したように輝くセレナは神々しい。治癒院で聖女としての役目を果たしているからだろうか。その姿は以前よりも、堂々として見えた。

やがてユーフェミアの咳は落ち着き、穏やかな呼吸が戻ってくる。どうやら光魔法が心地よかったのか、眠りについたようだった。

「ありがとうございます、聖女様。最近は、痛みでゆっくりと眠ることもできなくなっていたようなのです。心から感謝いたします」

「い、いいえ、そんな。私はできることをしただけで。それに、私の力不足で完全に治して差し上げることができなくて、申し訳ないです……」

「充分です。このひとときの休息が、姉には必要でしたから」

姉を見下ろし力なく語るユージーン。

切なげな瞳に見守られるユーフェミアが、一秒でも長く安眠できることを私も願った。

「ユージーン。確かに、姉君の症状は一連の事件の被害者の症状と似通っている。けれど、まったく同じかというと違うような気がするな」

ノアはじっとユーフェミアを観察しながら、そんなことを言った。

ユージーンもすぐに気持ちを切り替えたかのように、冷たい表情に戻り頷く。

「その通りです。治癒院の患者の症状は、変色の具合がもっと黒く、腫れというより爛れたような状態でした。そして進行の速さも姉よりずっと速い。ですから私も、同じものだとすぐに断定し行動することが出来ませんでした」

似ている。けれどまったく同じものではない。だがどちらもセレナの光魔法である程度症状を回復させることができる。

ノアたちの会話を聞きながら、私はひとつ思いつき、聞いてみることにした。

「ユージーン様。ユーフェミア様に触れても、よろしいでしょうか？」

ユーフェミアに触れてもいいか。私の伺いに、ユージーンはあからさまに嫌そうな顔をした。その表情にセリフをつけるなら『お前ごときが？』だ。

（ちょっとは本音を隠す努力をしなさいよ……）

誰にも触れさせたくないほど姉を大切に思っているのか。それとも私のことを姉に触れさせたくないほど嫌悪しているのか。出来れば前者であってほしい。

迷い、というか嫌悪感を見せたユージーンだったけれど、結局一歩横にズレて私に道を空けてくれた。

「……お願いいたします」

不承不承、といった様子のユージーンを横目に、ベッドの脇に立つ。

枯れ枝のように痩せて乾いたユーフェミアの手に触れる。その瞬間、頭の中に電子音が鳴り響き、目の前に半透明のウィンドウが現れた。

【ユーフェミア・メレディス】

性別：女　年齢：22

状態：急性中毒（？？？：毒Lv.？？？）　衰弱

職業：公爵令嬢　ユージーンの姉

――――――――


やはり、一連の事件の毒と表示が同じだ。

毒の名前もレベルもわからない。症状が微妙に違うだけで、同じ毒ということなのか。

(でも……何だろう。何かが違う。そんな感じがするのよね)

毒スキルによる感覚なのか、それとも私自身の勘なのかはわからない。とにかく、一連の毒と全く同じではない気がする。

だが気がするだけではノア達に説明するのは難しい。決定的な何かが得られないと、ユージーンも納得しないだろう。

何にせよ、いまはユーフェミアの毒も吸収することができない。

私はユーフェミアからそっと手を離し、ユージーンに向かって静かに首を振った。ユージーンは少し残念そうに目を伏せ、頭を下げる。

ノアが私の肩に手を置き、気に病むなというように笑いかけてくれた。私はそれになんとか笑みを返しながらも、役に立てない不甲斐なさに落ちこむ。

何が神子だ。もっと本気でスキルアップに取り組んでおくべきだった、と。

ユージーンは姉の手を取り、労るように撫でていた。その姿に、私はひとつ強く決心するのだった。

ユーフェミアの部屋を後にした私たちは、そのまま公爵邸のエントランスから外に出た。聖女としての次の予定時刻が迫っていたセレナは、すぐにメレディス公爵家を発たなければならない。

私の家の馬車で来たので、もちろん帰りもうちの馬車だ。一緒に出発し、王宮まで送ることになっている。

ノアたちともここでお別れになるのだが、その前にノアがセレナに声をかけた。

「急いでいるところ済まない、セレナ嬢。聞きたいのだが、治癒院を慰問する際、ギルバートが同行しないことはあるか？」

「ギルバート様ですか？　だいたいご一緒してくださいますが……。ギルバート様がもし他にご予定があっても、文官の方が代わりについてくださいます」

「文官か……。では、治癒院で彼らが君から離れるような時はあるだろうか？　つまり、君がひとりになる時だ」

ノアはセレナに、毒で苦しんでいる近衛騎士の治癒を頼みたいのだろう。

私が話に加わる必要はないようなので、ノアがセレナと話している隙に、私はユージーンとヴィンセントの腕を取り、ノアたちから少し離れた。

ユージーンが訝しげに、もしくは嫌そうに「何でしょう？」と距離をとろうとするのを、強引に引き寄せる。

「あなたたちに提案があります」

「提案？　しかも、我々に……？」

ユージーンは嫌悪感丸出しでヴィンセントを見るが、ヴィンセントのほうはただ不思議そうに、されるがままになっている。

「お姉様……ユーフェミア様を助けたいですよね？　ふたりとも、私に協力していただけませんか？」

ふたりの顔を交互に見つめて言う。

異母兄弟とはいえ、まったく似ていないと思っていたふたりだけれど、こうやって並んでいるのを間近で見ると、目元や鼻筋が少し似ている気がした。

まあ、ふたりともタイプは違うがかなりの美形であるのは間違いないし、と思っていると、ユージーンの整った顔がみるみる歪んでいった。

「誰がこの男と協力など」

「ユージーン様」

ユージーンは私の腕から抜け出し、上衣の乱れを整える。

「姉上を助けたい気持ちはもちろんあります。この世で一番強くそう願っているのは私でしょう」

「だったら協力できるでしょう？」

「いいえ。この男とだけは無理です。私はどうしてもこの男を信用できない」

眼鏡の奥の瞳が、ヴィンセントを射貫かんばかりに強く光る。

「ヴィンセント卿の瞳が赤いからですか」

「その通りです。私の母が魔族に殺されたのも、姉上が呪われたのも、すべてはこの男が原因であると、私はこれまで思い続けてきました。いまもそう思わずにはいられません」

長年の思いこみや恨みは、そう簡単に消え去るものではないらしい。

当然だろうと思うと同時に、普段嫌になるくらい冷静なくせに、なぜヴィンセントのこととなると理知的になれないのだろうと不思議になる。

「私は、ヴィンセント卿は魔族ではないと言ったはずです」

「神のお告げ、でしたか。オリヴィア様、申し訳ありませんが、私はそう信心深いたちではないのです」

皮肉げに笑うユージーンにため息をつく。そういう所は冷静なのに、と。

私もあの創造神を絶対のものとして崇める人たちを理解できない。それはまあ、個人的な理由によるものなのだけれど。

「証拠がなければ信じられない、ということですね。わかりました。私も曖昧な表現で誤魔化すことはやめにします」

「誤魔化す……？」

「神のお告げ、と言ったのは嘘です」

私の告白に、ユージーンだけでなくヴィンセントも一瞬目を丸くした。

「神子が嘘をつくのですか」

「嘘というか、方便ですね。ヴィンセント卿は魔族ではない、と創造神が直接告げたわけではありません。ですが創造神によりもたらされた力で、私は相手の状態を知ることが出来るようになりました」

「なるほど……？　創造神に与えられた力で知った情報を、お告げと表現されたと。確かに方便ですね」

「ええ。それによると、ヴィンセント卿は魔族ではありません。あり得ないのです。なぜなら——」

ヴィンセントの顔に触れ、彼の右目を覆う眼帯をそっと外した。

頭の中で電子音が響くと同時に、ステータスウィンドウが現れる。

【ヴィンセント・ブレアム】
性別：男　年齢：18

――――――――――――――――――――――――――――

状態：慢性中毒（???：毒Lv.???）

「彼もまた、正体不明の毒に侵されているからです」

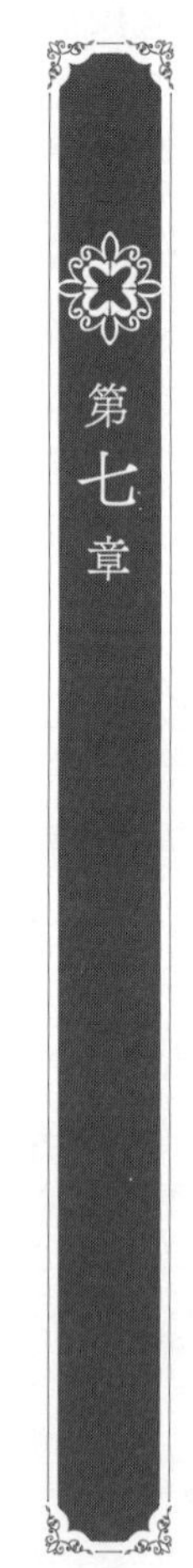

平民地区の端に位置する住宅地は、夜が更けると明かりが消え静まり返る。

一見平和な風景が広がって見えるが、狭い路地に身を隠したユージーンは、張り詰めた空気を肌で感じていた。

近衛騎士の中でも信用できる精鋭だけを伴い、王太子ノアは目の前の建物の中にいる。

前回襲撃に遭った隠れ家とよく似た、周りの家から浮くことのないありふれた小さな住宅。

そこに一連の事件で使われた毒の流通に関わった、王妃を推す貴族を軟禁しているのだ。

公式の捕縛としなかったのは、王妃の横やりを回避する為と、敵を誘い出す為。

ユージーンはノアが直接監禁場所を訪れることを反対したが、彼の意思が変わることはなかった。幼少期から毒を盛られ命を脅かされ続けてきたというこの国の王太子は、危険を顧みない傾向がある。勇猛果敢が過ぎて、命知らずと言いたくなるほどだ。

このままでは、王位に即く前に命を落とすことになるかもしれない。

付く相手を間違えたか、と思うことは何度もあった。だが、命を懸けてでも倒さなければならない相手がいることも、また事実だ。そうしなければ、ノアが王位に就いた時に国の安寧を守れない。すでにこの国は、緩やかに腐り始めているのだから。

（それに、王太子側に付かなければ、姉を救う手立ても見つからなかっただろう）

ユージーンの脳裏に浮かぶのは、ノアの婚約者の姿だ。

オリヴィア・ベル・アーヴァイン。氷の侯爵と呼ばれる第二騎士団団長のひとり娘で、聖女より稀有な神子という存在。

イグバーンの宝石と謳われた、亡き侯爵夫人の血を色濃く受け継いだ彼女は、以前屋敷の外に出なかったことから、侯爵家に眠る小さな宝石と囁かれていた。成長し、人前に姿を見せるようになった彼女は、最近ではノアと並び立つ姿のあまりの美しさと神子という存在の貴重さから、イグバーンの至宝とまで言われるようになった。

確かにオリヴィアは美しい。まあ、ユージーンにとっては姉の次に、となるのだが。

美しく気高く、年齢以上の落ち着きを見せるオリヴィア。かと思えば、思いこみで婚約者と仲違いをしたりもする。ユージーンはまだ、オリヴィアという存在を理解しきれずにいた。

（彼女の話は、本当なのだろうか……）

ユージーンの姉に会った日、オリヴィアは姉が毒に侵されていると断言したあと、異母兄であるヴィンセントも毒の被害者だと言った。

『ユージーン様。ヴィンセント卿のこの瞳の色は、魔族の子だからではありません。恐らく、毒による症状のひとつです』

ヴィンセントの眼帯を外し、ユージーンに赤い瞳を見せながら、神子は告げた。

俄かには信じがたい話だった。なぜなら、腹違いの兄は魔族の子であると、だから母子を公爵家から追い出したのだと、物心つく前より父を始めとした周囲の者たちに言われ続けてきたのだ。兄の存在は公爵家の恥である、と。

母が死に、姉が病んだのもすべては異母兄のせいなのだと、ユージーンは長年ヴィンセントを恨み続けてきた。それなのに、そのヴィンセントもまた毒の被害者であるという。

神子オリヴィアは外した異母兄の眼帯を見て、やはりと頷いた。

これが、ヴィンセントが毒の被害者である証拠だと。

『ヴィンセント卿。この眼帯、光魔法の陣が描かれていますね。本で見たことがあります』

異母兄は頷き、眠りの魔法だと答えた。対象を眠らせることで癒しの効果を倍増させる、光魔法のひとつだ。上位魔法なので、使える人間はごく僅かと言われている。

ただ、直接魔法をかけるのではなく、布や紙に陣を描き魔力をこめると、光魔法に限らず効果はかなり弱まる。

『色々試した結果、強力な光魔法を一度かけるよりも、効果が薄れてでも眠りの魔法を範囲限定で長期的に使うほうが、私には合っていました』

眼帯が外れれば当然痛みは戻るが、眼帯をつけている間は日常生活に困ることはないと異母兄は言った。ただし、布に付与した効果は時間と共に薄れるので、定期的に魔法をかけ直さなければならない。

異母兄は養父ブレアム公爵の伝手で、光の御使いと名高い大神官に、眠りの魔法を施してもらっているという。

当代の大神官はまだ年若く、通常であればユージーンと同じ学生の年齢らしい。だが生まれた時から光の加護を受けていた彼は、貴族の身分でありながらすぐに神殿に引き取られ、神域で大切に育てられてきた。いわば普通の貴族子息よりも箱入りだ。

体が弱いこともあり、大神官はほとんど大神殿のある神域から出ることはない。その為、国王以上に謁見することが難しい人物なのだ。

姉の治癒を願い、父には無断でユージーンは何度も大神官との謁見の申請を出したが、これまで一度として受理されたことはなかった。

(そうか。確かブレアム公爵の亡き奥方が、大神官の叔母だったはず)

大神官の実母は産後の肥立ちが悪く、そのまま儚くなったと伝え聞いている。ブレアム公爵の奥方が、母親代わりに定期的に神域を訪問していたのは貴族の間では知られた話だ。

神に仕える清廉な神官も、結局は人だ。本当に救いを求める人間より、伝手や縁故、金たように感じた。

銭の授受の有無が優先される。それを愚かだとは思わないが、虚しさで一瞬胸に穴があいたように感じた。

そんなユージーンに、異母兄はありえない提案をした。

『俺から大神官に、ユーフェミア公女の祈禱をお願いしてみよう』

無表情に淡々と言った異母兄を、ユージーンは頭がおかしいのではないかと本気で思ってしまった。

この男は、母と一緒に魔族と通じたという汚名を着せられ、メレディス公爵家から追い出されたのだ。母親はすぐに亡くなり、ひとりきりになったヴィンセントが、ブレアム公爵に見出されるまで味わってきただろう苦労は想像に難くない。

メレディス家を恨んで当然だろうに、異母兄はそういった感情を欠片も見せずに、姉を救ってやろうと言うのだ。

『冗談でしょう？　そんなことをして、あなたに何の得があるというんです』

『損得は関係ない。ユーフェミア公女は俺にとっても半分血の繋がった姉だ。……公子にとっては腹立たしいかもしれないが』

当然のようにそう言ったヴィンセント。頭がおかしいというよりバカなのだとユージーンは理解した。ヴィンセント・ブレアムという男は、自分と母親を不幸にした家族を案じる、大馬鹿者なのだ。

その時の気持ちを思い出し、笑ってしまいそうになった時、嫌な魔力の気配を感じ、ユージーンはハッと上空を仰ぎ見た。

「いかがいたしましたか、公子」

「シッ。……何かいる」

ノアに付けられた近衛騎士二人を制止し、ユージーンは目を凝らす。

貴族を軟禁している家の屋根の上。夜空に浮かぶ月を背に立つそれは、細く骨ばった牡鹿のように見えた。立派な角があったからだ。

だが次の瞬間、牡鹿にはありえない巨大な羽を広げたそれは、こちらを見て笑った。裂けたような口からは、鋭い牙が光って見えた。

「魔族だ!!」

ユージーンの叫びに騎士たちが臨戦態勢に入るよりも前に、ユージーンは精霊を召喚し風の刃を屋根の上の魔族に向けて放った。

だが衝突する直前に魔族が姿を消し、あまりの速さにユージーンは見失う。風魔法が屋根を掠め、激しい音とともに飛び散った。

「気を抜くな！　まだ近くにいる！　狙いは恐らく、捕らえている貴族の口封じだ！　ひとりは王太子殿下の下に──っ」

言い終わらぬうちに、真上に邪悪な魔族が現れた。

獣と人を混ぜたような雌型の魔族が、鋭い足の爪をユージーンに向かって振り下ろす。

まずい、とユージーンが左手で身を守ろうとしたその時、突然目の前に黒い影が割りこみ、銀に輝く剣で魔族の爪を防いだ。

「……くそっ。あなたに助けられるとは」

颯爽と現れユージーンを守ったのは、魔族の子と呼ばれた騎士、ヴィンセントだった。

本物の魔族はけたたましい笑い声をあげながら、黒いガラスのような羽根をこちらに向け飛ばして来た。

咄嗟にユージーンが風魔法で羽根を弾き返し、前に立つヴィンセントは素早い剣さばきで切り捨てる。

しかし、一枚の羽根がふたりの防御をすり抜け、ヴィンセントの顔の横を掠めていった。

黒い眼帯が切れ、ひらりと落ちていく。

「ぐ……っ！」

途端に、ヴィンセントが目を押さえ蹲った。

「おい、どうした！」

まさか目をやられたのかと駆け寄るが、出血はしていない。だが、ヴィンセントの鍛え上げられた身体は小刻みに震えている。

眼帯が外れたから、光魔法の効果が切れて目が痛み出したのか。

ユージーンは眼帯を拾おうとしたが、魔族が再びヴィンセントに襲いかかろうとしたので、慌てて風魔法で防御壁を作る。その衝撃で、眼帯が遠くに飛ばされてしまった。

「くそっ！　おい、しっかりしろ！　戦えないなら、せめて逃げろ！」

魔族の攻撃を防ぎながら、大柄なヴィンセントを安全な場所に移動させるのは難しい。

他の騎士は魔族が現れた時点ですでに倒れていた。大した傷はついていないようなのに、意識もない。

（恐らく、毒……こいつが一連の事件の犯人か）

灰色の肌に真っ赤な目をした雌型の魔族は、甲高い笑い声を夜空に響かせる。

「オマエ　カラ　ワタシノ　ニオイガ　スル」

魔族の黒い唇から放たれた言葉に、ユージーンは衝撃を受けた。

（人語を扱えるのは、上位魔族の証拠……！）

魔族の世界は実力主義だという。下位魔族は弱く、知能も低く、人語を解さない。魔族同士でのみ伝わる意思疎通の方法があるらしい。そして上位魔族は強く、賢く、人語を解す。理解するだけでなく実際会話が可能なのは、上位魔族の中でも特に上にいる限られた者だけとされている。

「アア、ワカッタ。ニンゲンノ　キゾクノオンナノ　ハラニイタ　コドモダナ」

「貴様……何を言っている」

魔族はニンマリ笑いながら、うずくまるヴィンセントを爪で指した。

「ソノオトコノ　メ。ワタシノ　ドクノニオイガ　スル。マエニ　ツカッテイタ　ドク」

「では……お前が彼に毒を盛ったのか」

「ソウ。オンナニ　ドクヲイレテ、タイナイノ　ドクヲ　マリョクデアヤツリ、アカゴニモ　ドクヲイレタ。ワタシハ　ケイヤクシャノネガイヲ　カナエタダケダ」

「契約(けいやく)者とは誰(だれ)だ！」

魔族は長い舌をチロリと見せ、何かを思い出そうとするような顔をした。

「キゾクノ　オンナダ。ソイツノ　ハハオヤト、オナジオトコト　ツガッテイタ」

「……まさか」

ユージーンの脳裏(のうり)に、両親の姿絵が浮(う)かぶ。最悪な予感に手が震えた。

「まさか、その貴族の女とは……メレディス公爵(こうしゃく)夫人のことか」

「キャハハハハ！　ソウダ　ソウダ！　ソンナ　ナマエダッタ！　ネガイヲ　カナエタカラ、ソノオンナノ　ハラニイタ　アカゴノイノチヲ　ヨコセトイッタラ、テイコウシタ！　ダカラ　オンナノシンゾウヲ　クラッテヤッタ！　トテモシュウアクナ　アジガシタ！」

悪意に満ちた不快な笑い声が響く中、ユージーンは母の顔を思い出していた。

ヴィンセントの母親は第二夫人。そしてユージーンの母親は、正室であり第一夫人のメレディス公爵夫人だった。美しいが厳格そうな顔立ちの母の絵を眺めては、生きていればどんな言葉を交わせただろうと思いを馳せた。

その母が、魔族と契約し、ヴィンセントに毒を盛った？　何の為に？

答えはわかりきっている。公爵に大切にされていた上、同時期に妊娠し、自分より先に男子を産む可能性のあるヴィンセントの母親を陥れる為。そして跡継ぎになる可能性のある赤子を殺す為だろう。

その代償が、ユージーンの命だった。

ユージーンは目の前が真っ暗になった。いままで自分を支えてきたもの。母への思慕、異母兄とその母親への憎しみと蔑み。己を形作るその全てが根底から覆されたのだ。

すぐには受け入れがたい真実を前に、ユージーンは戦意を喪失した。頭の中も心の中もぐちゃぐちゃになっていた。何も考えられない。

「ナンダ、ヤラナイノカ？　デハ、シネ！　アノカタノ　ジャマヲスルモノハ　スベテシネ！」

大きな羽を広げ、魔族が刃物のように鋭い羽根を一気に飛ばしてきた。

避けられない。避ける気力もない。

完全に自分を見失い、死を受け入れようとしたユージーンの前に、突然轟音と共に高い土壁が現れた。

「ちょっと待ったぁー!!」

そんな叫びと共に、土壁はすぐに崩れ地面に戻っていった。

残ったのは弾かれた幾枚もの鋭い羽根。

ぼう然とするユージーンと痛みに耐えるヴィンセントの前に舞い降りたのは、純白の獣に乗った麗しき乙女だった。


王都のメレディス公爵邸で、王太子ノアの目を盗みユージーンとヴィンセントに声をかけてきたオリヴィア嬢は、こんなことを言いだした。

『ユージーン公子。殺された商人の他にも、貴族を拘束し別の場所に軟禁していますよね』

質問というより、断定に近い言い方だった。

『……なぜそれをご存じなのでしょう。王太子殿下の周りでも、極限られた人間しか知りえない情報のはずです。まさか情報を漏らす者が――』

『安心してください。ノア様の周囲に裏切り者がいるわけでも、私が間者を潜り込ませているわけでもありません』

『では一体どのように……』

オリヴィアは大真面目な顔で答えた。

『シロにあなた方の周囲を見張らせていて知ったのです』

一瞬、その答えが理解できなかったユージーンは、一度眼鏡をずらし目頭を押さえた。

何だかいま、幻聴がした気がするのだが。気のせいだろうか。

『……シロとは、神獣様の御名では？』

『ええ。神獣シロのことですけど』

『……神獣様にそのようなことをさせたので？』

まさか、と思いながら尋ねれば、神子はなぜか胸を張って頷く。

『うちのシロは、私のデトックス料理を目の前にぶら下げれば何でもやってくれるので』

『馬の前に人参をぶら下げるような言い方はちょっと』

神獣を馬扱いするとは、なんと不敬な令嬢か。しかしその不敬な令嬢自身が、神獣と同等か、それ以上に尊い神子という立場なので何も言えない。

『私たちの極秘情報が神子様に筒抜けだったことは理解しました。それで？』

『わざと情報を流して、貴族を餌に敵の尻尾を掴む作戦ですよね？』

『……作戦まで筒抜けですか』

この方は普通の貴族令嬢とはまったくの別物だと、ようやくユージーンは理解した。

神子オリヴィア、侮れない存在だ。

『日時までは知りません。その作戦、私とヴィンセント卿にも一枚嚙ませてください』

『は……？』

オリヴィアとヴィンセントの顔を交互に見て、眉を寄せたユージーン。

そんなユージーンの反応に気圧されることなく、オリヴィアは堂々とこう宣言した。

『守られているだけではダメなのです。私とノア様は運命共同体。私もノア様をお守りしなければ』

その神子が、月明かりの下、銀の髪をなびかせながら目の前に立っている。

魔族からユージーンたちを守ろうとするように。

神獣を従え魔物と対峙するその姿は、神々しく、勇ましく、凛と輝いていた。

「ノア様の命を脅かそうとする不届き者は、根こそぎシロの餌にしてやるわ！」

『えっ。僕こんなの食べたくないよ～ぅ』

いまいち締まりに欠ける登場ではあったが。

目の前には魔族、後ろには何やら動けない様子の攻略対象者たち。

私は威勢よく登場したはいいものの、割と緊張し動揺もしていた。

ヴィンセントが目にも留まらぬ速さでユージーンを助けに入っていったので、慌てて追いかけた。ところが、飛びこんでみればヴィンセントは片膝をつき呻いているし、ユージーンはぼう然自失状態。

（あら……？　もしかして、これって私がひとりで何とかしなきゃいけない感じ？）

いや、実際に何とかするのは食いしん坊神獣シロ様なのだけれど。私は創造神の加護をもらっただけの、無力な悪役令嬢なのだ。しかも加護は（憐れみ）だし。

「よーし……シロ、行け！」

シロ様に丸投げしてしまえ！　ということで魔族に向かって指をさすと、すぐさま隣から抗議の声が上がる。

『ちょっとぉ！　行け！　じゃないよぅ』

「私の新作デトックススイーツで手を打つって、約束したでしょ？」

『オリヴィアって雑なんだよぅ。獣使いが荒いしぃ』

「いいから、ほら！　さっさと行く！」

私にお尻をペシペシと叩かれ、シロは『だから雑だってぇ』と文句を言いながら、魔族に向かって火を吐いた。

シロが魔族と戦ってくれている間に、私は後ろのふたりの許に駆け寄る。

「ヴィンセント卿！　ユージーン公子！　大丈夫ですか⁉」

「オリヴィア様……俺のことはいいです。ここから、お逃げください」

眼帯の取れた目を押さえ、ヴィンセントは痛みにか震えながらそう言った。

いつもは表情の読めない顔が、苦悶に満ち汗を浮かべている。

「逃げませんよ、まだ何もしていないのに――きゃあっ」

突然ヴィンセントに腕を引かれたかと思えば、私が立っていた場所に刃物のようにするどい魔族の羽根が突き刺さる。

「ちょっとシロ！　真面目に戦って！」

『戦ってるよぅ！　それくらい自分で避けて！』

反論しながらも、シロが魔族の羽根に噛みつき、根本から引きちぎろうとしている姿が見えた。魔族が耳障りな悲鳴を上げたが、シロは羽根を引きちぎる前に口を離してしまう。

『くっさぁ～！　魔族の血の臭い、くっさぁい！』

ぺぺっと唾を吐きながらシロが魔族から距離をとった。涙目で臭い臭いと転がっている。

(臭いって、前にも言ってなかった？　そうだ、商人が殺された家で。それから毒の被害者のいた治癒院で。あとは――)

私を守ろうと必死に両足を踏ん張るようにして立っているヴィンセントを見る。

ヴィンセントに対しても、シロは臭いと距離をとっていた。魔族の血は臭く、毒もまた臭い。だとしたら毒の正体は……。

「オリヴィア！」

魔族の後方から、騎士たちを引き連れこちらに駆けてくるノアの姿が見えた。

「ノア様、ダメです！　魔族がいます！　こっちに来ないで！」

「バカを言うな！　魔族！　僕のオリヴィアから離れろ！」

ノアは叫びながらペガサスを召喚し、雷の矢を射った。雷の矢は魔族の片羽に命中し、赤紫色の血が飛び散るのが見えた。

超音波のような魔族の悲鳴に、思わず耳を押さえる。鼓膜に直接攻撃されているように感じながら、私は後ろを振り返った。

「ふ、ふたりとも、今のうちにここを離れて！」

「それは出来ません、オリヴィア様……っ」

「いいから、ヴィンセント卿は動けるなら、ユージーン公子を安全な場所に！　公子、しっかりしてください！　のんきにショックを受けてる場合じゃないんですよ！」

茫然自失といった様子のユージーンの肩を揺する。けれど彼はまったく反応を示さない。まるで心を殻に閉じこめてしまったようだ。受け入れがたい真実を知り、これ以上傷つかないように。

「ショックなのはわかりますけど、いまは逃げて！　後でゆっくり、好きなだけ傷ついてくださって結構です！　でもいまはダメ！　ここにいたら死んでしまいますよ！」

このまま生を手放してしまってもいい。そんなユージーンの様子に私は本気で焦る。

ヴィンセントは立っているのが精一杯といった状態だ。こんなユージーンを抱えて動けそうにはない。

「ユージーン様！　聞いてます⁉　ここで死ぬ気ですか⁉」

私がいくら必死に叫んでも、ユージーンは虚ろな目をしたままだ。

ユージーンの母親の過ちを語る魔族の声は、私にも聞こえていた。信じていた者に裏切られたように感じているだろう。これまでの自分の人生の、何もかもが偽りだったと思っているのだろう。それはきっと、とてもつらいことだろうけれど……。

一度目の人生で、私は裏切られるどころか、初めから信じられる者が傍にいなかった。誰もかれもが私の敵だった。家族さえも味方ではなかった。

それでも、私は生きたかった。ただ、生きたかったのだ。

いまだって、私は平穏に生きることだけを願っている。ノアとともに生きる。それだけの為に、こうして何かに抗い続けているのだ。

「いい加減に……しなさいっ！」

焦りは怒りに代わり、私は力なく項垂れるユージーンの頰を打った。

思い切り、フルスイングで平手打ちした。闇夜にスパーンと小気味良い音が鳴り響き、ユージーンの眼鏡が吹き飛ぶ。

露わになった瞳が、まん丸になって私を映した。

「こんな所で無駄死にしてどうするのよ！　あなたにはやらなきゃいけないことがあったんじゃないの!?」

「は……」

「お姉さんを助けなくていいの!?　ユーフェミア様をひとり残して死ぬなんて、シスコンの風上にも置けないわよ！」

シスコンなんて言葉、ユージーンにわかるはずがないのだが、そう叫ばずにはいられなかった。

「ソノメ、コノクニノ　オウタイシダナ！」

背後から魔族の声が聞こえ、ハッとした。

振り返ると、ノアがたったひとりで魔族と対峙していた。彼を守っていた騎士たちは、皆満身創痍で地に伏している。ついでに神獣様まで、疲れ切った顔でぐったりと横になっていた。先の王宮での戦いでも思ったが、うちの食いしん坊神獣は大変燃費が悪いようだ。五大精霊の力を扱えても、わりとすぐに戦線離脱してしまう。

神獣も鍛えればレベルアップしたりしないだろうかと考えた時、魔族が背を丸め唸り始めた。ゴキゴキと、魔族の体から異様な音が鳴り、うねるように変形していく。

やがて雌型の魔族は人寄りの姿から完全な異形の姿へと変わった。様々な魔獣をかけ合わせたようなその様相に、思わず悲鳴を上げそうになる。

「チョウドイイ。キゾクヲ　ケスツイデニ　オマエモ　ワタシノドクデ　コロシテヤル！　クルシンデ　シネ！」

長い牙を剥き出しにした魔族は、ノアへと飛びかかろうとした。

「待ちなさい！」

咄嗟に私は魔族に向かってそう叫んでいた。

ノアを毒の危険に晒すわけにはいかない。とっくに毒殺されているはずの運命の彼は、いつ物語からはじき出されてしまうかわからない身なのだから。

「魔族同士に繋がりがあるのか知らないけれど……あなた、王宮を襲った魔族と関係はあるのかしら？」

「オリヴィア！　何をしている、逃げるんだ！」

ノアの怒っているような声を無視し、私は魔族に一歩詰め寄る。

「……ナニガ　イイタイ」

「あなた、随分と毒に自信があるようだけど、王宮を襲った魔族とどちらが上なのかしらね」

「ナンダト……？」

「あの魔族の毒は、私には通用しなかったわよ。直接くらったけれど、こうしてピンピンしているもの」

実際はあの魔族の毒で仮死状態位に陥ったのだが、いまピンピンしているのは本当のことなので嘘ではない。

私の挑発に、魔族の意識がノアから外れ私に向かったのを感じた。

（いいわ。そのままこっちに来なさい）

ノアとの戦闘で傷ついた魔族の体からは、あちこちから血が滴り落ちている。

あの血を手に入れれば、もしかしたら。もっと近くに来たらそれがはっきりするはず。

私からも魔族に近づこうとした時、不意に後ろから手を取られた。

振り返り、私の手を取った相手を確認し、一瞬戸惑う。

そんな顔をしてどうしたの。話が違うじゃない。あなたは私を引き留める役じゃなく、引き留めるだろうヴィンセントやノアこそを止める役だったはず。

そんな気持ちをこめてユージーンを睨むと、彼はらしくなく顔を歪ませた。激しい葛藤で苦しんでいるかのように。

やがてユージーンが決意したように手を離した。

私はそれでいい、と笑って頷く。一瞬なぜか、ユージーンが泣きそうな顔に見えた。

「魔族！　あなたの毒も、きっと大したことはないんでしょうね！」

振り返り私が言い放つと、魔族は怒りにか羽を逆立たせぶるぶる震え出した。

「ナマイキナ　ニンゲンノ　メスダ……！　ノゾミドオリ　ドクデ　シネ！」

「オリヴィア！」

飛びかかろうとしてきた魔族を、激しい雷が遮る。

ノアが私に駆け寄り、強く肩を掴んできた。その顔には心配と怒りが半々に表れ……いや、怒りがかなり勝っているように見える。業火担が激おこだ。

「なぜ魔族を挑発するようなことを！」

「私は大丈夫です！　ノア様は邪魔しないでください！」

「邪魔だと？　ふざけるな！　何を考えているのか大体想像がつくが、君は自己犠牲が過ぎる！」

そんなことを言われても困る。

私だって好き好んでこんな選択をしたいわけじゃない。仕方ないのだ。なぜなら……。

「だって、そういう能力ですから」

「だとしても、僕は君に傷ついてほしくないと言っているだろう！」

ノアの気持ちは嬉しいけれど、私にだって譲れないことはある。このままでは埒が明かないと思った時、ノアを背後から拘束する腕が。

ユージーンだった。予定していた自分の役割をきちんと遂行してくれたのだ。

「何をする、ユージーン！」

「ユージーン公子！　そのままノア様を引き留めておいてください！」

ノアをユージーンに任せ、彼らから離れる。そのまま私は魔族に向かって駆けだした。

「やめるんだ、オリヴィア！　くそ、放せユージーン！」

「ぐあっ⁉」

顔だけ振り返ると、ユージーンが電撃を浴びながらも必死にノアを抑える姿が映った。

ユージーンがノアを抑えていられるのもそう長くはないだろう。ノアがこちらに来る前に終わらせなければ。

「こっちよ、魔族！」

「バカメ。イマノ　ワタシノドクハ、ムカシヨリ　ズットツヨクナッタ。トクトアジワエ！」

そう叫ぶと、魔族は自身の羽をむしり取り、それで胸から腹にかけて一気に切り裂いた。

血しぶきが舞い、濃厚すぎて目眩がするような臭いが辺りに満ちる。

ピコン！


【？？？（毒）：？？？（毒Lv.？？？）】

真っ赤なウィンドウが現れた瞬間、倒れていたシロが『鼻がもげる……！』と飛び起きた。遅い。いや、ナイスタイミングか。

「シロ！　今よ！」

『んえっ？　いまって何だっけ⁉』

寝ぼけてでもいるのか、シロが辺りをキョロキョロ見回す。

「もう！　血！　血よ！」

シロはハッとした顔で水魔法を展開し、魔族の血を包み込んだ。

（やった！　手に入れた、魔族の血！）

「シロ、早くそれを私に――」

「アノカタノ　ジャマニ　ナルヤツハ、スベテ　シネ！」

シロに言い終わる前に、魔族が血のついた羽根を幾枚も私に向かって飛ばしてきた。

毒の正体が魔族の血なら、私には毒スキルがあるから死にはしない。けれどあの殺傷能力の高そうな羽根が直撃すれば死ぬ。それはもうあっけなく。

シロが羽根を防ごうと魔法を発動するのが視界の端に映った。でも、間に合わない。

「オリヴィアッ！」

突然横から衝撃を受け、私は何かに包まれながら地面を転がった。

私を抱きしめるようにして、魔族の攻撃から守ってくれたノアが「無事か⁉」と顔をのぞきこんでくる。

その奥に、ユージーンを地面に押さえつけるヴィンセントが見えた。頭脳派のユージーンでは、やはり有望な騎士であるヴィンセントには勝てなかったか。

「あ、ありがとうございます。私は大丈夫で――」

ピコン！

【体内に毒が侵入しました】

現れたウィンドウに驚くと同時に、ズキンと右足が痛んだ。

地面を転がった衝撃で気付かなかったけれど、先ほどの攻撃でドレスとその下の足を切られていたらしい。

あっという間に、熱のような痛みが這い上がってくる。痛みと恐怖に涙があふれかけたが、必死に堪える。そんな私に気づいたノアが、焦ったように抱き上げてきた。

「どうした、オリヴィア」

【毒を無効化します】

「ノア様……」

無理やり笑顔を作った瞬間、恐怖のウィンドウが表示された。

【毒の無効化に失敗しました】


火山が噴火するように、足の痛みが爆発する。

あまりの痛みに悲鳴を上げた。私を抱きしめるノアが、何か叫んでいる。けれど、自分の悲鳴で何も聞こえない。

痛い。痛い痛い痛い。こんな地獄で味わうような壮絶な痛みに、治癒院にいた患者たちは、ユーフェミアは、ヴィンセントは耐えているのか。

ダメだ。痛すぎて気が遠くなってきた。ノアが泣きそうな顔でまだ私に何か叫んでいる。

いや、泣いているのか。

そんな顔をしないで。私は毒では死なないのだから。こうなることを、私自身が望んだのだから。


【毒の無効化に失敗したため、仮死状態に入ります】

暗転する世界で最後に見えたのは、待ちに待ったウィンドウだった。

ふと気づいたとき、私は温かな場所にいた。

朽ちた教会の祭壇のようなそこには、天井から優しい光が降り注いでいる。

そして私の目の前には、髪も肌も雪のように白い神聖な雰囲気の少年。

「やあ。久しぶりだね、オリヴィア。会いたかったよ！」

「私は会いたくなかったわ」

「またまた～」

本当にお久しぶりの、ショタ神登場である。

正直会いたくない人物として王妃と張るくらいの相手だが、同時に再会を待ちわびていたのも事実だ。

顔を見ているとイライラしてくるので、さっさと用事を済ませて現実に戻りたい。

「早速だけど聞きたいことがあるの。わかってるわよね？」

「久しぶりに会えたっていうのに、その塩対応！　さすがオリヴィア！」

「塩対応なんて言葉どこで覚えた……って、そんなことはどうでもいいわ。あんたの作ったシステム、バグってるんだけど！　何よ【？？？】って！　そんなのウィンドウに表示する意味ある？」

デミウルはキョトンとした顔で手を左右に振った。

「いやだなあ。僕が悪いわけじゃないよ。別に欠陥があるわけでもないし」

「じゃあどうして毒の名前がわからないのよ。名前がわからなきゃ吸収もできないなんて、スキルの持ち腐れじゃない」

「それねぇ。なんていうか、君の元いた世界でいうところの更新？　が追い付いてないんだよ」

「は？　更新って……もしかしてシステムの？」

前世ではゲームだけでなく、スマホやPC、仕事上でも馴染みのある用語だ。

「そうそう。今回君が毒を受けたことで解析できたけど、魔族の使った毒はちょっと特殊なものだったんだ」

「特殊？　新しい毒だったとか？」

「ある意味ね。毒の正体は、あの魔族の血をベースにして、様々な毒を持つ魔獣たちを殺し合わせたり、かけ合わせたり、時には共食いさせたりして出来た魔獣毒を混ぜ合わせたものだった。魔族の血は魔力も帯びてて、本体が近付くと活性化したりするし、なかなか厄介な毒だよねぇ」

デミウルは何でもないことのように淡々と話すけれど、内容はとんでもない。ヴィンセントが時々右目に痛みを感じていたようなのは、魔族が近くにいたからだったのか。

最低最悪な毒だ。毒を作る様子を想像しただけで、悪寒が走り胸が悪くなった。

「うぇ。何それ、悪趣味……」

「何度も手が加えられて、どんどん強毒化されているみたいでさ。その改良の速さと回数に追い付けてなかったんだよねぇ」

「つまり、システムのアプデが間に合っていなかった。そういうこと?」

「そうそう、そんな感じ!」

手を叩きながら頷く創造神。悪気はまったく感じない。感じないからこそ腹が立つ。

「ちなみに……前回アプデしたのはいつ?」

「え? えーと……あれ? いつだったかなぁ? 五年……いや、十年前? もっとだっけ? ごめん、記憶にない!」

無邪気な笑顔で告げたデミウルに、頭の中でプチンと何かが切れる音がした。

目の前の白い頬を、片手でむぎゅうっと力いっぱい潰してやる。ムダにもち肌なのが更に私を苛立たせた。

「記憶にない、じゃないわよ……」

「あれ? お、オリヴィア? もしかして怒ってる?」

「やだわ、デミウル」

私がにっこり笑うと、ほっとしたようにデミウルも微笑みかけ――

「むしろ私が怒ってないとでも思ったのか、このポンコツ神ー!!」

「わあ――!?　ごめんなさいぃ――!!」

「記憶にないって、あんたはどこぞの政治家か！　言い訳にもなってないのよー！」

「いいいいひゃいいいひゃい、いひゃいっへ～～～！」

手加減なしで、ひとしきりデミウルの頬っぺたを潰す行為を終えたあと。

目の前にはシクシクと泣きながら正座をする創造神がいた。

「さあ。さっさと毒の名前を吐きなさい。もうわかってるんでしょ？」

「君はさ、もうちょっと僕を敬ったほうがいいと思う。僕、一応神なのに。唯一神なのに。せっかく人生やり直させてあげてるのに」

恨みがましい目を向けてくるデミウルを鼻で笑ってやる。

「私が願った形じゃまったくなかったけどね」

「でも、そのおかげで素敵な婚約者と出会えたんじゃ――」

「どうやら反省が足りないようね」

「すびばせん」

右手をわきわきと動かして見せると、デミウルはしおらしく謝った。

表情を神らしくキリリとさせ、ようやく毒の説明を始める。

「毒の名前は【ゼアロの狂蟲】。毒レベルは4だ」

「レベル4……初めて味わったわ。ゼアロって？」

「あの魔族の名前だよ。これでシステムも毒の識別ができるようになって、オリヴィアには毒が効かなくなる。すぐにスキルが発動して、仮死状態も解除されるよ」

その言葉に胸を撫でおろす。強毒と聞いて、仮死状態の解除に時間がかかったらどうしようかと思っていたのだ。

「良かった。ノア様が心配だから、早く戻らないと」

「えー？　もう少しゆっくりしてもいいんじゃない？」

「調子のいいこと言って。いつも私が言いたいこと言い切る前に、鐘を鳴らして追い出すくせに」

「あれは別に僕が追い出してるわけじゃないんだけどなぁ」

ぶつぶつ言いながら、よっこらしょとデミウルが立ち上がる。

ショタなのか老人なのか、よくわからない奴だ。

「大体、こんな所でゆっくりするも何もないでしょ」

椅子もテーブルもない、石や崩れた岩がごろごろ転がる荒れ果てた空間。高い崖に囲まれた、朽ちた教会のような不思議な場所。

ここが神の世界なら、デミウルは随分と特殊な趣味をしている。そんなことを考えながら上に目を向ける。天井が崩れ落ち、真っ白な光ばかりが降っているだけだと思っていたたそこには、鮮やかなステンドグラスが光を受けて輝いていた。

あんなもの、以前来たときもあっただろうか。

「あれは……竜？」

大きな赤い竜が水の底で眠り、森に囲まれた地上では小さな白い竜が数体、羽を広げている。彼らを遠巻きに眺める精霊たちの姿も、ステンドグラスで描かれていた。

「オリヴィア」

呼ばれて振り返ると、デミウルがやけに穏やかな目をして私を見つめていた。神らしいその立ち姿に、つい「らしくない」と思ってしまったのは仕方のないことだろう。

その時、荘厳な鐘の音が響き始めた。

「時間ね」

「そうだね。次はいつ会えるかな」

「出来ればもう二度と会わずにいたいところね」

「またまた〜。本当にオリヴィアは素直じゃないんだから」

「素直に本音しか口にしてないけど」

私の返しにデミウルはケラケラ笑うと、そっと私に向かって手をかざした。

柔らかな光が放たれ、春の陽だまりのような温かさに包まれる。それはやがて私の右足に集中していった。光が収束した部分には、魔族にやられた傷があった。それが何の痛みもなく塞がっていく。

「……治してくれたの？　たまには役に立つことするじゃない」

「だから僕、一応神様なんだけど」

「冗談よ。ありがとう」

段々と意識が遠退いていく。現実へと戻る時間だ。

「オリヴィア。君はこれから更なる困難に見舞われるだろう」

不吉なことを呟く創造神。最後まで苛立たせてくれる、と呆れながら聞き流す。

「でも君なら大丈夫。だって君は――」

デミウルのありがたいお言葉の途中で容赦なく幕が下り、私の意識は暗転した。

「オリヴィア。君の結末は、君が決めるんだよ」

✦

【仮死状態を解除しました】

【毒の無効化に成功しました】

【経験値を650獲得しました】

【能力がアップしました】

【階級がアップしました】

（う、うるさっ）

目覚めた時、私は一瞬、いまここがどこか、自分が誰なのかわからなくなった。すぐ傍で様々な爆音が響き、まるで前世ニュースや動画で観た紛争地帯にでも放りこまれたように感じたのだ。

何かが崩れる音、破裂する音、激しくぶつかる金属音に、誰かの怒声。そんな地獄のような環境音の中、なぜか私はふわふわしたものに包まれている。いや、包まれているというか、伸しかかられている？

「……お、重い」

私が呻くと、ふわふわした重いものがピクリと動いた。

『オリヴィア、目が覚めたの？』

「シロ？　何だ……あんたが乗ってたのね。っていうか、何で乗って――」

言いかけた私の頭上を、光る矢がバリバリと音を立て飛んでいった。

あれは、ノアの雷魔法か。そうだ、魔族と戦っている際中に仮死状態に入ったのだった。

「待って……私が倒れてからどれくらい経ったの？　魔族は？　っていうかおっもい！」

『倒れてそんなに経ってないよ～。今回は早かったね。デミウル様がんばったのかなぁ』

「もっと早い段階でがんばってほしいわ。って、だから重いってば！　どいてよシロ！」

シロの下から抜け出そうともがくけれど、あまりに重くて動けない。

食いしん坊神獣の太りすぎが確定した。落ち着いたら絶対にダイエットさせなければ。

『僕いま神力不足で動けないのぉ。動けないなりに、身を挺してオリヴィアを守ってあげてるんだよぅ』

「シロが自主的に？　私を守ろうと？」

『ううん。王太子に、オリヴィアを守れってぶん投げられた』

意外と力持ちだねぇ、などとのんきに言うシロにため息をつく。

そんなことだろうと思った。この怠けもの神獣が自主的に働こうとするはずがない。

「神力不足って？　魔法を使い過ぎたってこと？」

『そうだよぅ。だから僕――』

ぐぎゅるるぐうぐうごろごろろ……と、何か獣のうめくような音が響いた。同時に私の体に細かな振動が。これはもしかして――。

「……お腹が減ってるのね」

『当たりぃ～。お腹ぺこぺこで動けないんだよぅ』

「相変わらず緊張感のない……。もう、しょうがないな」

シロに伸しかかられている中、なんとか腕を動かしてドレスの隠しポケットから包みを取り出す。

「ほら、これ食べて。少ないけど動けるくらいには神力も回復するでしょ」

『これなぁに？』

「炭チョコレート」

『ここでも炭かぁ～』

「炭でも炭じゃなくても、チョコはほぼ黒いでしょ！　いいから早く食べる！」

なんとか手を伸ばし、シロの口の中に無理やりチョコレートを押しこんだ。

短く呻いたシロだけど、もごもごと口を動かし嚥下すると、すぐさま風の壁を展開し飛んできた瓦礫を弾き返した。

『ちょっとだけ回復したかもぉ』

「じゃあ起きて！　重い！」

『そんな重い重いって言わないでよぅ。傷つくなぁもう』

シロが立ち上がり、私も体を起こす。

少し離れた所で、ノアとユージーンが魔族と戦っているのがようやく見えた。魔法が飛び交い、剣戟が繰り返され、建物や道があちこちで崩れている。

ノアが無事だったことにひとまずほっとしたけれど、安心はできない。魔族相手にノアたちは引けを取らない戦いを見せているが、明らかに疲労しているのがわかった。魔力も底を尽きかけているのかもしれない。

「ノア様！　魔族の血そのものが毒です！　お気をつけください！」

「無事か、オリヴィア！　早くここから離れ、安全な場所へ！」

戦いながらノアはそう言ったけれど、あのままではふたりが危ない。けれどシロは炭チョコで神力がわずかに回復しただけだし、私はそもそも戦力外。

「そうだ、ヴィンセント……！」

私はひどい惨状の辺りを見回す。

重なった瓦礫の間から、ヴィンセントの黒いマントが見えた。

「ヴィンセント卿！」

慌てて駆け寄り、瓦礫をどかす。爪が割れ血がにじんだが、それどころではなかった。

「ヴィンセント卿、しっかりしてください！」

私の声が聞こえているのかいないのか、ヴィンセントは右目を押さえたままぐったりとした様子で浅く呼吸を繰り返している。

ヴィンセント卿の頬に触れると、頭の中で電子音が鳴り響いた。

【ヴィンセント・ブレアム】
性別：男　　年齢：18
状態：慢性中毒（ゼアロの狂蟲：毒Lv.3）

ようやく毒についての表示が正常になった。でも――。

（レベル3？　ゼアロの狂蟲はレベル4のはずじゃ……）

いや、そうか。デミウルはこの毒は何度も手が加えられ、強毒化され続けていると言っていた。ヴィンセントの目に残っていたのは、古い型の毒なのだ。

それであれば話は早い。私はヴィンセントの手を強引に外すと、迷うことなく、彼の震えるまぶたに口づけた。

「オリヴィア、何を……!?」

遠くで上がった業火担の驚愕の声に、聞こえないふりをしてスキルを発動させる。


【毒を吸収します】


ヴィンセントの体が強く輝く。唇の触れた部分から、極上の味が一気に私の中に流れこんでくる。

多種多様な果実の特別に甘い部分を凝縮したような、または長い年月をかけ熟成させたような豊潤で濃厚な旨味。快楽さえ感じるその美味に、一瞬意識が飛びかけた。

（美味しすぎて、私こそ中毒になっちゃいそう……！）

毒の味に酔いしれながら、ヴィンセントの右目から口を離す。

光が収束すると、呼吸が落ち着きぼう然とした顔のヴィンセントがそこにいた。


【毒の吸収に成功しました】

【経験値を500獲得しました】


「オ、オリヴィア、様……？」

私を見上げるヴィンセントの、動揺したレアな表情。その無防備な様子に思わず「まあ可愛い」と口にしてしまいかけた。

だがそれより先に、背後で眩しい光とともに激しい雷鳴がとどろいた。

振り返ると、バチバチと全身を帯電させたノアが、こちらを睨みつけ青みがかった黒髪を逆立てていた。その姿はさながら魔王のようで、私は震えあがる。

「ヴィンセント……貴様、オリヴィアに何をした……」

魔王様が激おこである。

というか、何かしたのは私であって、むしろヴィンセントはどう考えてもされた側なのだけれど。

「ノ、ノア様。いまのはその、ただの治療というか——」

「返答せねば殺す。返答次第ではやはり殺す」

まずい。私の声がノアに聞こえていない上に、ヴィンセントの選択肢がどれを選んでも死亡エンドだ。攻略対象者なのに。

王都の上空に雷雲が渦を巻くように集まっていく。それはまるでこの世の終わりのような光景だった。ヴィンセントを連れて地の果てまで逃げるべきか、一瞬本気で考えた。

冷静な判断を失ったノアが、こちらに剣先を向けかけたとき、ユージーンを攻撃していた魔族が夜空に向かって咆哮した。

大きく広げられた両翼が、月明かりの下で弾ける。羽根が無数に飛び散ったのではなく、内側から爆発したかのように弾けて霧散したのだ。血肉が細かな粒子となって宙を舞い、魔族の周囲に集まったかと思うと、次の瞬間一気に私たちに襲いかかってきた。

電子音と警告ウィンドウの嵐に、頭が真っ白になる。

(私は毒では死なないけれど、ノア様たちが……！)

避けられない、と直感したとき、肩を引かれると同時にヴィンセントが飛び起きた。そのまま勢いよく剣を地面に突き立てる。

「ノーム！」

主の呼びかけに、とんがり帽子を被った小さな精霊がヴィンセントの肩に現れた。

途端にヴィンセントの体が強く輝き、剣を突き立てた地面が大きくひび割れた。そこから勢いよく、岩の柱が私たちを守るように次々と立ち上がる。

「ヴィンセント卿！　目は⁉」

「あなたのおかげで痛みは消えました、オリヴィア様」

私を振り返りそう答えたヴィンセント。

そこには眩いばかりの笑顔があった。初めて見るその表情に見惚れかけたとき、防ぎきれなかった赤紫の粒子が上から襲い掛かってきた。

だがそれらを、ヴィンセントの岩柱もろとも、天から降り注いだ雷の雨が蹴散らした。

「……まだ返事を聞いていないぞ、ヴィンセント」

「ノア様！」

崩れる岩の向こうから、魔王様がバチバチと帯電しながらこちらに歩いてくる。

無事だったか、という安心よりも恐怖が若干勝る。正直、魔族よりよほど怖い。

「殿下！　バカげたことを言っている場合ですか！」

風の精霊グリフォンに乗って、ユージーンが私たちの間に降り立った。

今日ほどユージーンの存在をありがたく思った日はない。冷静を欠いているノアをどうにか正気に戻してほしい。

「バカげてなどいない。オリヴィアに関すること以上に重要な事柄など存在しないだろう」

「仮にも未来の国王が口にしていい台詞ではありませんね！」

飽きれと怒りがないまぜになったようなユージーンの声に、私は内心全面同意する。業火担の天秤が私側に振り切れがちなのは、早急にどうにかすべきだと思う。

ノアとユージーンが言い合っていると、魔族がぶるぶる震えながら私を見て口を開いた。

「ナゼ　イキテイル、コムスメェ……！」

「あなた程度の毒じゃ、私には効かなかったみたいね」

「アリエナイ！」

「じゃあまた私を狙ってみればいいじゃない」

毒の攻撃を私に集中させようと挑発すると、魔族は怒りを爆発させたように両腕を振り上げた。

「ニンゲン　ゴトキガ！　コロス！　コロシテヤル！」

魔族の背中から流れた血でできた血だまりが、魔力を帯びてゆっくりと浮かび上がる。綺麗な球体となった血の塊。そこから突然目にも留まらぬ速さで、鋭い棘が伸びてきた。

槍のようなその攻撃が私に届く寸前、激しい金属音が上がる。私を守るように、目の前にノアとヴィンセント、ユージーンが剣を構え立っていた。

「魔族ごときが、僕の婚約者を殺す……？」

バチバチと、ノアの剣が音を立てて放電する。

「寝言は死んでから言え」

「殿下。死んだら寝言は言えません」

「ユージーン。そういう冷静な指摘はいらないよ。僕はいま……とても機嫌が悪いんだ」

柔らかな声だったが、聞いていた私の体を悪寒のようなものが駆け抜けていった。

ユージーンとヴィンセントも、私と似たような表情になっている。ノアの怒りの度合いがいまだかつてないレベルに到達したのを感じた。

「だから……さっさと死んでもらおうか」

ノアが剣を振り下ろすと、天から特大の雷が降ってきた。

雷鳴と共に現れた光の柱に飲みこまれ、魔族が悲鳴を上げる。次いでヴィンセントとユージーンが駆けだし、それぞれの精霊の力を駆使しながら魔族を追い詰めていく。

三人が揃えば圧倒的だった。絶対に勝てる。そう確信し肩の力が抜けると、同時にシロがぺたんと地面に座りこんだ。

「シロ！　大丈夫？」

『大丈夫じゃないよぅ。今度こそ無理。僕もう動けないぃ』

少量の炭チョコで力を行使するのはこれが限界らしい。本当に燃費が悪いと思いつつも、怠けものなのによくがんばってくれたとふわふわの毛を撫でる。

「ありがとね。デミウルの所に戻って――」

ゆっくり休んで、と言いかけたとき、背後で再び魔族の悲鳴が上がった。

「アリエナイ、アリエナイ、アリエナイィィィ！」

叫ぶ魔族は腕や尾を失い、全身を赤紫に染めていた。

ぐるんと首が回転し、真っ赤な目が私を捉える。ギラギラと異様に輝く血の色をした瞳は、同じ赤でもヴィンセントのものとはまるで違って見えた。

「コウナレバ、オマエダケデモ　ミチヅレニ！」

「危ない、オリヴィア！」

ノアの電撃を、ヴィンセントの剣を、ユージーンの風の刃を避けることも最早せず、魔族が私に向かって一直線に飛びかかってきた。

あまりの速さに反応することができない。鋭い爪が振り下ろされるのを、私はシロを抱きしめながら見ていることしかできなかった。

(今度こそやられる！　せめて、私に魔族を跳ね返す力があれば……！)

毒で死なないことも大事だけれど、大切なものを守るために私も戦える力がほしかった。

何もできない自分は嫌だ。私だって戦いたい。

強くそう願った時、頭の中で電子音が鳴り響いた。


【毒を解放します】

表示されたウィンドウの文字に、思考が停止した。

それがどういう意味を成すのか正しく理解する間もなく、私の全身が発火するかのように熱くなる。

次の瞬間、燃えるような熱が一気に私の体から抜けていき、真っ暗な闇の塊となって眼前に迫っていた魔族を飲みこんだ。

「ガ……ッ!?」

突然現れた闇の塊は、魔族の中に吸い込まれるようにして消えた、ように見えた。

直後、魔族がぐるんと白目を剥き、地面に崩れ落ちる。痙攣し喉を掻きむしる魔族は、悶え苦しんでいた。

「ニンゲン、ガ……ナゼ、ドクヲ……!」

毒。やはり毒なのか。

私が毒で、魔族を攻撃した。状況から見て、そうとしか思えない。

(でも、一体なぜいきなり?)

泡を吹き始めた魔族の姿にぼう然としていると、ノアたちが駆け寄ってきた。

「オリヴィア！　一体何が？」

「わ、わかりません。わかりませんが……」

自分の手の平を見下ろす。小刻みに震える手。普通の、どちらかというと細く頼りない手。きっとセレナや親衛隊の子たちとそう変わらない手だ。それなのに、私はどんどん普通ではなくなっていく。人間という定義から遠ざかっていっている。

(仕方ないのよね。前世持ちな上、人生二度目な時点で普通じゃないもの)

それになんと言っても、ベースが悪役令嬢だ。普通で平穏な人生とはほど遠く、自らそれを選んだとも言えるのだから。

私は深呼吸をして、ノアを見上げた。

「私が……何かしたようです。突然、体が熱くなって」

さすがに気味悪がられるかもしれない。魔族ではと疑われるかもしれない。

そう思ったのは一瞬で、ノアはすぐに理解したような顔になり頷いた。

「つまり、創造神によりもたらされた、新たな力というわけだね」

「え……」

そういうことになるのだろうか。創造神というより、システムによって与えられた感が否めないのだが。

いや、それよりこんなにも簡単に受け入れられたことに驚いた。一瞬たりとも私を疑うことなどない。ノアの態度はそう言っているようで、じわじわと愛しさが溢れてくる。

「神子様の力は進化される類のものなのですか。興味深いですね」

ユージーンまで真顔でそんなことを言う。

「オリヴィア様が無事であればそれで」

ヴィンセントもたいした問題ではない、とばかりにうなずく。

「更なる創造神の祝福を得られたのは素晴らしいことだが……頼むから、無茶はしないでくれ。僕の身が持たない」

困ったように微笑むノアに手を握られる。

その温もりを感じた瞬間、私の震えはぴたりと止まった。

「……はい、ノア様」

素直に私も微笑み返し頷く。

(まあ、せっかく戦える力が手に入ったのなら、使える時には使いますけども)

などという本音はおくびにも出さず、しおらしくしておく。

燃費の悪いシロに頼りきりでいることに不安があったのだが、その不安がようやく解消されるかもしれないのだ。内心では狂喜乱舞である。

私の喜びには気づかない様子で、ノアは満足そうにうなずくと、悶え苦しんでいる魔族に向き直った。

「魔族。以前、貴族と契約したと言っていたな。いまもそうなのだろう。誰と契約している。目的は何だ」

「コノ、ワタシガ、クチヲ　ワルトデモ……」

「吐けば命だけは助けてやらないこともない」

魔族を虫けらのように見下ろしながら、ノアは冷たく言い放つ。種族の違いなど関係なく、すべての生命を支配するような為政者の顔である。

かと思えば、今度はこの上なく優しげに微笑んだ。

「魔族も痛みや苦しみを感じるものなのだろう？　死が恐ろしいだろう？」

優しく同情するように、甘く誘惑するようにノアは語りかける。

「契約者について話すだけでいい。そうすれば楽になれる」

まるで悪魔の囁きだった。

聞いているこちらはゾッとしたけれど、魔族は明らかな迷いを見せた。

助けてやらないこともない。楽になれる。どちらも、殺しはしないとは言っていないということに、いままさに死にかけている魔族は気づいていないようだ。

「ワタシハ……チョクセツ、ケイヤクシテ　イナイ」

とうとう、魔族は息も絶え絶えにそう口にした。

「何だと？　人間と関わっていないということか？」

「ワタシハ、カカワッテ　イナイ。ダガ……ワタシヲ　シハイスル　カタガ」

「支配？」

契約ではなく、支配とはいったいどういうことだろう。

思わず声に出した私に、ユージーンが「もしかしたら」と答えた。

「魔族の序列のことでしょうか。魔族の世界は完全な実力主義で、弱き者は強き者に絶対服従だとか」

人間社会は血筋で身分が決まるが、魔族社会は力の強さのみで決まるということか。

だとしたら、ノアたちを手こずらせた目の前の魔族は、どんな身分なのだろう。そしてこの魔族を支配する魔族とはどれほどの存在なのか。

「お前を支配する魔族が、人間と契約しているんだな」

「その魔族の名は？」

ノアとユージーンに詰め寄られ、魔族は先ほどよりもガクガクと大きく震え始めた。

毒のせいではなく、何かに異様に怯えているように見える。

「イ、イエナイ……」

「では、契約している人間は一体誰だ」

「ケイヤクシャハ――」

魔族が一瞬、赤い瞳でノアを見た。

そして口を開こうとした時、突然空から降ってきた大剣が、魔族の体を貫き地面に深く突き刺さった。

「ガハ……ッ」

魔族の体から口から、血が飛び散る。私たちは咄嗟に飛び退き血を避けた。

「なっ!?」

「上だ！」

全員が夜空を見上げると、私たちの頭上に男が立っていた。

飛んでいる、とか宙に浮いている、という表現は似合わない。ただ平然と、そこに足場があるかのように立っている。

貴族のような衣服にマントを肩にかけた男は、長い髪をなびかせこちらを見下ろした。

「無様だな、ゼアロ」

じわりと、耳の奥を侵すような甘く低い声だった。

その声を聴いた途端、魔族が血の涙を流しながらはくはくと口を開く。

「タ、タイコウ、様……オタスケ、ヲ」

「敗者に許されるのは死のみだ」

男が呟いた直後、その姿が私たちの視界から消える。

次の瞬間、魔族の傍らに男が現れ、大剣を無遠慮に引き抜いた。

「アアアアアアアアア――――ッ!!」

断末魔の悲鳴に顔色ひとつ変えず、男は魔族の角を容赦なく切り落とした。

宙を舞う角を男が摑んだと同時に、魔族は塵となり跡形もなく消えていった。

「我が契約者の悲願を叶える糧となれ。光栄だろう」

魔族をあっけなく殺した男は、次に私たちを見た。

怪しく輝く真っ赤な瞳と目が合った瞬間、全身を恐ろしい何かが駆け抜けていった。

「魔族……！」

新たに現れた魔族の男は、私たちの顔を順繰りに眺めると、最後に私で視線を止めた。

先ほど消された雌型の魔族よりもずっと禍々しい、真紅の瞳。その視線だけで呪い殺されてしまいそうだった。

「……お前が神子か」

呟きと共に魔族の姿が一瞬消える。

次の瞬間には、ゾッとするほど整った美貌が目の前にあった。

真っ黒な長い爪が、私の顎をくいと持ち上げる。

「毒を扱う神子か……面白い」

「貴様！　オリヴィアから離れろ！」

雷を帯びたノアの剣が魔族を突き刺す。

だが刺されたと思ったのは魔族の残像で、本体は再び宙へと移動していた。

「殿下。雌型の魔族より流暢に人語を扱っています。あれはかなりの上位魔族です」

ユージーンの囁きにノアが頷く。

「大公と呼ばれていたな。まさか神話に出てくる、四大大公のひとりか？」

私もその神話は知っている。学園の授業でも取り上げられるが、絵本としても広く読まれているおとぎ話のようなものだ。

神様……つまりデミウルや、デミウルの創った世界、精霊や生き物、そして魔族も登場する。魔族の章では魔神やら魔王やら、存在するのかも怪しいものが書かれているが、そこに四大大公と呼ばれる魔族も記述されていた。

魔族に群れる習性はないが、強き者には絶対服従の世界らしく、大公には魔族を統率する力があるという。神話では大公が軍勢を率い、人間の国をいくつも滅ぼしたとある。全ての魔族の頂点が魔王。その直属の部下が四大大公なのだ。魔王が古の英雄に倒されてから、大公たちがどうなったかは記されていなかったはず。

だが、あくまでも神話。おとぎ話の中でのことである。本当に大公という存在がいるのかは誰も知らない。

（前世の記憶でも、【救国の聖女】に大公が出てくるようなルートはなかったはず。私が知る限り、魔族は出てきても、あくまでラスボスは王妃だった）

「お前が人間と契約している魔族か！　目的は何だ！」

ノアの問いかけに、魔族は表情ひとつ変えず答えた。

「いずれわかる。わかったところで遅いがな」

「何を企んでいる！」

「何もかもが遅い。この国の、破滅の時は近づいている。もう誰にも止められはしない」

どこからともなく現れた黒い霧が魔族を包む。霧が闇のように濃くなり、魔族の体を飲みこんでいき、最後に闇の隙間から真っ赤な目が私を捉えた。

「神子。お前にも、だ」

不吉な言葉を残し、大公と呼ばれた魔族は闇の中に消えていった。

雌型の魔族も塵となり、血の一滴すら残っていない。

瓦礫の山と化した住宅街に、しばらく無言で立ち尽くしていた私たちだけれど、街の衛兵が大勢駆けつけてきたことで、ようやく緊張をほどくことができた。

ノアたちが剣を鞘に戻し、私を気遣うように囲ってくれる。

「大丈夫かい、オリヴィア」

「はい。私は大丈夫で――」

笑顔で大丈夫と答えようと、自分の頬に手を当てた時、頭の中に電子音が鳴り響いた。

【オリヴィア・ベル・アーヴァイン】

性別：女　年齢：16

状態：毒酩酊　職業：侯爵令嬢・毒王　new！・神子

…………………………………

《創造神の加護（憐れみ）》

毒スキル

・毒耐性Lv．4

・毒吸収Lv．3

・毒解放Lv．1　new！

―――――――――――――――

現れたステータスウィンドウに一瞬体も思考も停止した。

スキルレベルが上がりすぎだし、やっぱり新しいスキルが追加されているし、その内容も気になる所ではあるけれど。それよりも何よりも……。

（いや、毒王って!!）

毒遣いから一気にスケールアップした感に、目眩がした。

それともこれは毒酩酊状態だからか。酔いが回っているのか。わからないが、もう細かいことはどうでも良かった。

「オリヴィア!?」

全力で現実逃避を望んだ私は、その場で卒倒してしまったのだった。

第八章

「騎士ヴィンセント・ブレアム。卿の王太子妃専属護衛の解任を命ずる」

目の前で仰々しく書簡を読み上げた婚約者に、私は唖然として固まった。

ここは王太子宮の一室。三年前、離島に行く前に私が寝起きしていた部屋だ。

魔族が消え去った後に倒れた私は、目覚めるとこの懐かしい部屋のベッドに寝かされていた。どうやら聖女にすぐ回復魔法をかけてもらえるよう、侯爵邸ではなく王宮へと運ぶようノアが指示したらしい。

ちなみに聖女と父には、目覚めた時に偶然傍にいたので会っている。

セレナには心配したと泣かれ、父には無茶ばかりすると怒られた。離島にいた方が安全だったのでは、等と言っていたので、次何かあれば強制的に離島に戻されそうで怖い。

そして父たちと入れ替わりにノア、ユージーンが見舞いに来てくれたのだけれど、私の無事を確認するなり、入り口にいたヴィンセントを呼びつけ書簡を読み上げたのだ。

「ノ、ノア様……？　急に何を？」

ベッドの上から恐る恐る尋ねる。

ノアは私の問いかけには答えず、表情を消したままヴィンセントを見据え続けている。

「卿は王太子妃を重要参考人の監禁場所へ連れて行くだけでなく、危険な行為を容認した」

「い、いいえ。あの、それは私が勝手に提案したことで。というかまだ妃じゃない……」

「結果、護衛対象であるはずの王太子妃は生命を脅かす状況に陥った。この責任は重い」

「仮死状態にはなりましたけど、私は毒では死にませんし、この通りぴんぴんしていますし。というかだから、まだ妃じゃ……」

「よって卿はこの責任をとり護衛騎士の位をはく奪。新たに国境警備の軍への配置を命ずる。生涯辺境にてその身を費やし懺悔せよ」

「罰が重い！　ノア様、私の話、聞いていらっしゃいます？」

あまりにも淡々と告げるノアに我慢できず、ついツッコミを入れてしまった。

ようやくノアが私を見て、やれやれとばかりに首を振る。その反応は納得がいかない。

「オリヴィア。僕はこれでも情状酌量の余地を与えているんだよ」

「まったく余地が見当たりませんが」

「いいかい。君を危険に晒したのもそうだが、何より僕の婚約者の口づけを僕の許可なく受けた罪は万死に値する」

「口づけって……そっち？」

業火担の執念深さを舐めていた。

雌型の魔族よりも更に強い魔族、大公と呼ばれていた存在の出現で、口づけについてはうやむやになったかと思っていたのだが、甘かったようだ。

「そもそも許可など未来永劫誰にも与えるつもりはないけどね」

「本音も建て前もひどすぎる……」

救いを求めてユージーンを見たが、見事に視線を逸らされてしまった。

こら、異母兄が上司のパワハラで飛ばされそうなんだぞ。薄情者。

それまで黙っていたヴィンセントはおもむろに一歩踏み出し、頭を下げた。

「護衛騎士の解任、承知いたしました」

素直に受け入れてしまった彼を、私は慌てて止める。

「待ってください、ヴィンセント卿！　本気で取ってはいけません。これはノア様の冗談です。王太子ジョークというやつです」

「僕は至って本気だが」

「ノア様！」

私のわがままを聞いたことで、ヴィンセントが解任されてしまうなんて。

結果事件は解決して、皆無事。私もスキルがアップしたし、毒で苦しんでいた人たちも救えたしで問題はないだろう。と考えていた自分が甘かったと言う他ない。

「俺は構いません。……オリヴィア様」

ヴィンセントはいつも通りの無表情で私と向かい合うと、その場に膝をついた。

「ヴィンセント卿……？」

「たとえ護衛騎士の任が解かれても、俺はオリヴィア様に忠誠を誓います。あなたのおかげで俺は呪いから解放されました。この命尽きるまであなたをお守りします。どうか傍に置いてください」

以前聞いたとき以上に、切実な響きの騎士の誓い。

私が驚き固まっているうちに、ヴィンセントは私の手をとり、そっと指先に口づけた。

まるで、前世で見た【救国の聖女】のスチルのような光景に、一瞬ときめいてしまう。

（相手が悪役令嬢じゃなければ完璧だったのに……！）

ここにいるのが私ではなくセレナだったら、と遠い目になったとき、背後でバチバチっと火花が散るような音がした。

振り返ると、圧のある笑顔のノアが、全身から放電させていた。

「情状酌量の余地など必要なかったようだな……」

「ノ、ノア様！　落ち着いて！」

「衛兵を呼べ！　投獄したのち極刑に処す！」

部屋の外にいる護衛にそう叫ぶノアの目は、まったく笑っていなかった。

私はノアとヴィンセントの間に腕を広げて立ちながら、ユージーンに助けを求める。

「ユージーン様！　ノア様をお止めしてください！」

ところが、ユージーンは考える素振りも見せず軽く首を横に振った。

「私には荷が重いです」

「そんなあっさり!?」

「いや、衛兵を待つまでもない！　この場で僕自ら切り落としてやろう！」

「切り落とすって何をですかノア様！　まさか首？　首ですか？　ちょっと、剣を抜かないでください〜！」

騒ぎを聞いて駆け付けた父が、なんとかその場を収めてくれたが、もう少しでヴィンセントの首が飛ぶところだった。もちろん、比喩的な意味ではなく、物理的に。

結局その後、父とヴィンセントの養父であるブレアム公爵のとりなしによって、ヴィンセントの護衛騎士の任は継続ということになった。

なったはいいが、ノアが王宮へと戻るまで「監禁……離宮に……いや国外か……」と、何やらぶつぶつと呟いていたのが気になってしかたがないのだった。

二日後、私はユージーンに招待され、メレディス公爵邸を訪れた。

学園の帰りで、聖女セレナも一緒だ。ちなみにノアは一連の毒事件の事後処理が済んでおらず、王宮で留守番である。

【毒を吸収します】

　ベッドの上のユーフェミアに手をかざすと、ユーフェミアの体と私の手の平が熱を発しながら輝(かがや)いた。

『毒吸収スキルは別に口づけなくてもできるみたいだよぅ？』

　ここに来る前に、シロが世間話でもするように言った新事実。

「そういうことはもっと早く教えなさいよね……」

　口づけなくてもスキルが発動することを知っていたなら、ヴィンセントに口づけすることもなく、業火担のいらぬ怒(いか)りを買わなくても済んだのに。

【毒の吸収に成功しました】
【経験値を500獲得(かくとく)しました】

　電子音とウィンドウが消え、輝きが収束していくと、ユーフェミアが小さく呻(うめ)きながら、ゆっくりと口を開いた。

「……あ……ユージー、ン？」

「姉上！」

ユージーンが驚きとも喜びともつかない顔で、ユーフェミアの手をとる。

「痛みが、消えたわ……。もしか、して……天国に、来たのかしら……」

意識はしっかり戻ったようだけれど、ユーフェミアの瞼は閉じたままだ。

毒の影響で腫れあがった皮膚は、毒が消えてもそのままだからだ。長年ユーフェミアを侵していた毒は、彼女の肌を硬くしてしまっていた。

「いいえ……いいえ、姉上。あなたを苦しめてきたものが、消え去っただけです。姉上はもう、苦しむことはないのです……」

あのユージーンが、涙を堪えながら微笑んでいる。毒で苦しむ姉を、長年傍で見ていることしか出来なかったユージーンの苦しみや悲しみはいかほどだっただろう。

姉弟の様子を見ているだけで、私は胸がいっぱいになった。

ここに来る前に、治癒院でノアの騎士にもすでにスキルを使っていた。ヴィンセントに続き毒の吸収は問題なく出来て、大丈夫なはずだとは思っていたが、無事ユーフェミアが意識を取り戻してくれてほっとした。

毒が体から消えたとはいえ、ユーフェミアの体力気力はすっかり落ちてしまっている。すぐに眠りについたユーフェミアをユージーンは心配していたが、私はステータスを確認していたので、衰弱しているだけで、食事と休養が取れれば元気になるだろうと伝えた。

「皮膚や粘膜の後遺症は、聖女様の光魔法を受けていけば徐々に回復していくと思います。少し時間はかかるかもしれませんが……」

私の言葉に、セレナが勢いよく手を挙げた。

「私、出来る限り通わせていただきます！　なかなか自由にとはいかないんですが……」

「学園帰り、私がご一緒します。女子会という名目なら、少しは邪魔されずに動けるでしょう？」

「オリヴィア様がいてくださったら心強いです！」

微笑み合う私とセレナを見て、ユージーンは深々と頭を下げた。

「おふた方、姉をどうぞよろしくお願いいたします」

セレナは早速と、ユーフェミアに光魔法をかけ始めた。治癒院で繰り返し魔法を行使していたおかげで、魔法レベルや魔力がアップしたらしい。

頼もしい姿を見守りながら、私は離れて立っていたヴィンセントに声をかけた。

「ヴィンセント卿は本当によろしいのですか？」

「何がでしょう」

「あなたの瞳のことです。セレナ様にお願いすれば、元の色に戻るかもしれません」

ヴィンセントの毒は私が吸収したけれど、長年毒のダメージを受け続けた瞳は赤く変色したままだ。

眼帯が必要なくなり、ヴィンセントはいま赤い瞳を隠さなくなった。その瞳を手で一度覆うと、彼はゆるりと首を振った。

「……俺は、このままで構いません」

「えっ。でも、その瞳の色で、あなたはこれまでつらい思いをしてきたのでしょう？」

少し考える素振りを見せたあと、ヴィンセントは私を見つめて言った。

「オリヴィア様。俺はあなたに救われました。そのご恩を忘れないよう、右目は証として残しておきたいんです」

あまりに真っすぐなヴィンセントの視線に、私はうろたえた。

なんだか熱烈な告白をされたように感じて、頬が熱くなる。

「わ、忘れてくれていいのに」

「忘れません。絶対に」

「頑固ですね」

ぶんぶんと首を振るヴィンセントに、思わず笑ってしまう。

ヴィンセントもそんな私を見て微笑んだ。

「それに……オリヴィア様は、この目を綺麗だと言ってくれました」

「……ええ。あなたの目は、とても綺麗です」

魔族の目とはまったく違う。それから透きとおるような誠実さをヴィンセントの赤い瞳からは感じるのだ。それは間違いないことだった。

右目の痛みから解放されたヴィンセントは、少し丸く、というか穏やかになった気がする。良かった良かった、と思っていると、ユージーンがセレナの治療を受ける姉の許から離れ近づいてきた。

ヴィンセントをちらりと見て、それから私にまた頭を下げる。

「オリヴィア様。ありがとうございました」

簡単に他人に頭を下げなそうなのに、姉のこととなると、この男はえらく素直になれるらしい。

本当にシスコンの鑑だなと内心苦笑しつつ、私は首を振る。

「私は私に出来ることをしただけです。ユージーン公子やヴィンセント卿がそうしているように」

役に立てて良かったと笑えば、ユージーンも珍しく笑った。

こうして笑うと、彼も攻略対象者らしく素敵な男性だなと思える。普段は腹黒鬼畜眼鏡な上に、聖女どころか姉以外の女性には興味を示さない残念具合だが。

「そういえば、あの戦いの夜、オリヴィア様に頬を叩かれましたね」

「えっ」

唐突に言われ、思わず固まってしまう。

そういえばそんなこともあったような。いや、あった。あったがあれは何と言うか、不可抗力と言うか。確かに叩きはしたけれど、まさか今になって蒸し返されるとは。

「あれは強烈な一発でした」

「お、覚えていらしたんですね！　あれはなんというか、咄嗟のことで！　私も夢中で！　その……力加減もできず、申し訳ありません」

しばらくネチネチ嫌味を言われるだろうかと肩を落とした私に、ユージーンは小さな笑いを漏らした。おや、と顔を上げると、思いのほか優しい表情のユージーンがいた。怒っていないのだろうか。

「頬を叩かれたのは、姉以外ではあなたがはじめてです」

「はあ……」

おもむろにユージーンは私の右手をとった。

「この細く小さな手で叩かれたことは、一生忘れないでしょう」

「いや、忘れてくれて全然構わな……!?」

全然構わない、と言いかけたとき、まったく予想していなかったことが起きた。

ヴィンセントに続き、ユージーンまでもが私の指にそっと口づけたのだ。

「……束縛の激しい王太子殿下に愛想を尽かした際は、私のことを考えていただけると嬉しいですね」

眼鏡の奥で目を細めたユージーンは、何というか、凄かった。

初めて見せられた色気のようなものに、クラクラきた。これはとんでもない。頭の中で、残念攻略対象者のレッテルを、ビリビリと勢いよく剝がした。

「き……聞かなかったことにします」

そう返すのがやっとだった私の横で、ヴィンセントがため息をつくのがわかった。

ここにノアがいなくて良かった。心からそう思った瞬間、遠くで雷鳴が轟いた気がした。

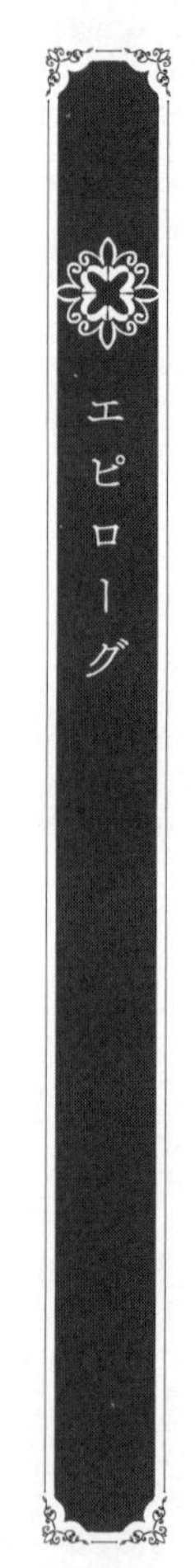

エピローグ

鳥の囀りが聞こえる、穏やかな昼下がり。

学園の中庭で私はセレナやケイトたち親衛隊員とティータイムを楽しんでいた。

「このスコーン、サクサクとしていて美味しいですわ～」

「こちらのクリームも！　甘さが控えめでさっぱりしていて、いくらでも食べられそうです～」

「気に入っていただけて良かった。きな粉のスコーンの、豆乳クリーム添えです。食物繊維やオリゴ糖が豊富でデトックスにぴったりで、美肌効果も高いのですよ」

美肌と聞いて喜ぶケイトたちの愛らしさに癒される。

平和だ。学園で女子たちとおしゃべりをしている時が、一番平和を感じられるのではないだろうか。

「本当に美味しいです！　オリヴィア様、このスコーンの作り方も今度教えていただけないでしょうか？」

目をキラキラさせて聞いてきたセレナに笑顔で返す。

「お気に召しました？　もちろんいいですよ。では次のお菓子教室はスコーンにしましょう」

「まあ！　セレナ様はオリヴィア様に、お料理を教えていただいていてらっしゃるの？」

「羨ましいですわ〜！」

貴族の令嬢は自ら厨房に立つことなどほぼない。料理は使用人の領分であり、作法としてお茶の淹れ方を習うことはあっても、料理は嗜みには入らないのだ。それなのにケイトたちは白い目で見てくることもなく、それどころか好意的な反応を見せてくれた。

私たちが聖女に神子だからと、気を遣っているわけではなく、彼女らは心からそう言ってくれている。そういう子たちなのだ。

「よろしければ、皆さんも一緒にどうかしら？」

「ええっ！　私たちも良いのですか!?」

「ええ、お嫌でなければぜひ。ね、セレナ様」

「はい！　皆さまとご一緒できたら、きっと更に楽しいですね！」

セレナの素直で明るい返答に、私だけでなくケイトたちも癒されたらしく、ほんわかした雰囲気に包まれた。さすがヒロイン、百点満点の愛らしさである。

「どうしてセレナ様はお料理を習おうと？」

「やはり、オリヴィア様のデトックス料理で美しさを磨く為かしら？」

「あ。それは、ええと……」

途端にセレナはモジモジとし始め、ポッと頬をほんのり染めた。

「ふふ。違うのよ。セレナ様は、ギルバート殿下にお菓子を差し入れたくて、今猛特訓中なの。ねぇ、セレナ様？」

「まあ～！　そうでしたの！」

「なんて健気な恋でしょう～！」

セレナは益々頬を赤らめて、ブンブンと否定するように両手を振る。

「ち、違うんです！　私はただ、最近ギルバート殿下がお忙しいようなので、何か少しでもお力になれないかと思っただけで！　その、オリヴィア様がよく王太子殿下にお菓子を作って差し上げているので、私も出来たらと……」

照れ隠しなのか、大きくスコーンを頬張るセレナに、私はケイトたちと顔を見合わせ、こっそり笑った。

「ギルバート殿下は幸せ者ね。セレナ様にこんなに想っていただけて」

「本当に。私もオリヴィア様にお菓子作りを教えていただいて、婚約者にプレゼントしてみたくなりましたわ」

「それはとてもいいですわね。私もそうしようかしら。でも我慢できずに自分で食べてしまいそうです」

「確かにそうですわね。太ってしまわないよう気をつけませんと」

「そこはデトックス料理ですから、食べ過ぎなければ大丈夫よ」

最高ですわ、と皆が笑う。セレナも私も一緒に笑った。

まあ太ってしまったとしても、料理教室のついでにヨガ教室も開けばいい。デトックスを広められて、ヨガ仲間も出来て良いこと尽くしだ。

それにしても、なんて平和なのだろう。つい先日、魔族と街中で争ったとは思えないほどだ。

あの事件では、結局魔族と契約していた人物を特定することは出来ずに終わった。軟禁していた王妃派の貴族が無事だったので、その貴族に罪を全て被せることとなった。

魔族と密通し毒を広め、国中を混乱に陥れたとして貴族は極刑。他にも毒の流通に関わっていた王妃派貴族には、身分はく奪や領地没収などそれぞれ軽くはない処罰が下された。

しばらくは王妃も大人しくしているしかないだろう、と言ったノアの疲れた顔を思い出す。

ノアは事後処理で忙しく、学園には来ていない。もうそろそろ落ち着くという話だったけれど、落ち着く前にノアが倒れてしまわないか心配だ。

今日あたり王宮に様子を見に行こうかと思っていると、今まさに思い浮かべていた相手が中庭に現れて驚いた。

「ノア様！」

ノアがユージーンと共にやってくると、控えていたヴィンセント卿を始め、この場にいる全員が立ち上がり頭を下げた。「楽にしてくれ」と言いながら、ノアが私の前まで来る。

「久しぶりだね、オリヴィア。元気にしていた？」

「昨日お手紙に、変わりありませんと書きましたが、まだお読みいただけていないのでしょうか？」

「相変わらずつれないな。文字だけでは安心できないんだよ。こうして直接顔を見ないとね。君は僕が心配じゃなかった？」

「も、もちろん心配しておりました。今日王太子宮にお伺いしようかと思っておりました……」

「良かった。オリヴィアも僕に会いたいと思ってくれていたんだね」

甘く微笑むノアの顔が、ゆっくりと近づいてくる。王子様オーラ全開なノアに見惚れながら、目を閉じ口づけを受け入れかけた時、ケイトたちの「きゃあっ」とはしゃぐ声が聞こえ我に返った。

「こんな所でいけませーん！」

慌ててノアの口元を両手で覆い、白昼堂々の公開キスシーンを回避した。危なかった。完全に雰囲気に流されていた。

ケイトたちの残念そうなため息が聞こえた気がしたが、気づかない振りをする。

「残念。オリヴィアは照れ屋だな」

ちっとも残念そうではないノアが笑いながらからかってくる。怒ろうとしたが「続きは二人きりの時に」と囁かれ、出かけた文句も引っこんだ。

ユージーンが窘めるように咳ばらいをする。眼鏡の奥の瞳は冷え冷えとしていた。ノアはまるで意に介していない、というか見せつけるかのようにイチャイチャしてこようとする。ユージーンの目が怖いのでやめてほしい。

ヴィンセントはじっとこちらを見ていたが、足元で昼寝をしていたシロが寝返りを打ったことで視線を下に向けた。

私がヴィンセントの右目から魔族の毒を吸収したことで、ヴィンセントから魔族の臭いがしなくなり、シロがヴィンセントを拒絶することもなくなった。シロに触れることが出来るようになり、ヴィンセントは毎日幸せそうだ。大型犬が二頭戯れているかのようで、私も毎日その姿に癒されている。

「オリヴィア？　僕が目の前にいるのによそ見かい？」

「えっ⁉　い、いいえ、よそ見だなんて」

「うーん。やはりどこかに閉じこめてしまおうか……」

ぼそりとノアが呟いたのを、私は聞き逃さなかった。業火担は何かあるとすぐに監禁ルートに持っていこうとするので怖い。

そういえば、父も同じようなことを言っていた。一連の事件の後、約束を破り私がまた自ら危険に飛びこんでいったことを知った父は、それはそれは激怒した。侯爵邸が氷漬けになってしまうのではというくらいの怒りっぷりだった。

『次にまた同じことをしたら、二度と屋敷から出られなくなると思いなさい』

そう忠告した父の目は本気だった。実父と婚約者のふたりに監禁を考えられているって、なかなかハードではないだろうか。

「そ、それよりノア様！　何か食べたいものはございませんか？」

話を逸らそうと明るく尋ねると「監禁監禁……」とぶつぶつ呟いていたノアは私を見て首を傾げた。

「食べたいもの？」

「はい。今度ここにいる皆さんと一緒にお菓子を作ろうと話していたのです」

「というと、デトックスの？」

「もちろんです！　デトックスの知識を広める良い機会にもなりますし」

私の答えに、ノアはにっこりと笑うと顔を近づけこう囁いた。

「広めるのは料理だけにしておこうね？」

（あ。これはヨガも広めようとしてるの見抜かれてるわ）

なぜバレた、と思いながら愛想笑いで誤魔化す。私ってそんなにわかりやすいだろうか。

「オリヴィア様。よろしければ、そのデトックスのお菓子の作り方、私にもご教授いただけますか」

不意にユージーンがそんなことを言いだしギョッとする。

ノアが不機嫌顔で「おい……」と自らの側近を睨んだ。

「ユージーン様もご興味が……？」

「ええ。何やらオリヴィア様の影響で、今貴族の令嬢の間でデトックスなるものが流行っているとか。まだ屋敷を出られない姉に、食べてもらいたいなと」

なるほど。シスコン魂に火が付いたわけか。大いに納得した。

「そういうことなら、ぜひユージーン様もご一緒いたしましょう」

私の答えにケイトたちが「ユージーン様と!?」と急にソワソワし始める。

かと思えばシロと戯れていたヴィンセントが「俺も……」と控えめに参戦してきたので更に驚く。

「以前いただいた、酵素？　の飲み物がとても美味しかったので」

そんなことを言ったヴィンセントと、ユージーンがなぜかガシリと手を組んだ。つい最近までとても兄弟とは思えないギスギス具合だったのに、まるで意気投合したかのような振る舞いに唖然としてしまう。

ノアが「ヴィンセント、お前もか……」と額を押さえた。

急に色々な人がデトックスに興味を持ち始めたようで驚いたけれど、嬉しいことに変わりはない。

大歓迎です、と私が笑顔で返事をしたところ、ノアの機嫌が急降下していったので慌てた。仲間外れは良くない。料理教室を開く時は、ノアもきちんと誘ってあげよう。

この話題はおしまい、と気を取り直し、咳ばらいをした。

「ノア様たちが学園にいらっしゃるのは久しぶりですね。事件——公務は落ち着かれたのですか」

ケイトたちの手前、慌てて言い直す。

魔族と毒の件は、詳しいことは公にはされていない。王妃の派閥の貴族多数が関わっていた為だ。複数の貴族が魔族と通じていたとなると、一般市民にも動揺が広がってしまう。被害に至っては派閥関係なく想定していた以上に広がっていたので、噂はすでに流れているようだが。

人だけでなく、家畜や水源などの環境にも毒による汚染が判明した。魔族と契約した本当の犯人は特定できておらず、調査はまだ継続されているらしい。

「ああ。ようやくまたここに通えるくらいにはね。寂しい思いをさせてすまなかったね、オリヴィア」

私が座っていた席におもむろに腰を下ろしたノアは、何を思ったのか私の腰を引き寄せると、自分の膝の上に私を座らせてしまった。

突然の膝抱っこに、ケイトたちが小さく、けれど興奮を抑えきれない様子で騒ぎ出す。

「キャー、素敵！」

「本当になんて似合いのおふたりなのかしら～」

ノアの膝に座らせられるのは初めてのことではないので私は驚かなかったのだが、周囲の反応が激しすぎた。まるで見せつけているような状況に恥ずかしくなり、私は軽くノアを押し返す。

「わ、私は寂しいなどと言っておりませんが！」

「じゃあ寂しくはなかった？　僕は毎日枕を濡らして、君を想っていたのに……」

あからさまにシュンとして見せるノア様に、ケイトたちが黄色い悲鳴を上げる。

「ノ、ノア様！　ここでそのようなお話は――」

「王太子殿下を夢中にさせてしまうオリヴィア様、さすがですわ～！」

「お似合いすぎますわ～！」

ケイトたちはそう言うが、私は気づいていた。彼がわざとこんな風に振舞っていることに。こうすれば空気を読んで、親衛隊が立ち去ろうとするとノアはわかっているのだ。実際にケイトたちが「私たち、お邪魔ですわね」と笑顔で囁き合い、席を立とうとしている。

業火担は【あざとい】というウィンドウが表示されて見える気がした。

「仲睦まじいおふたりを見ると、ほっとします」

セレナが頬を染めながらそんなことを言ったので、私は慌てて首を振った。

ノアが不満げな顔をしたが、見なかったことにする。

「そ、そんなこと。セレナ様だって、ギルバート殿下と……」

言いかけたとき、回廊の方が騒がしくなった。見ると、護衛や側近を連れて回廊を歩いていくギルバートの姿が。

「あら。噂をすれば、ギルバート殿下ですね」

「えっ！　あっ。わ、私、ちょっと行ってきてもいいでしょうか！」

セレナが思わずといった風に立ち上がり、私たちが何か言う前に風のようにギルバートの前まで飛んでいった。

その慌てた後ろ姿が可愛らしくて、残った私たちは顔を見合わせクスクス笑ってしまった。本当になんて愛らしい子だろう。

セレナが一生懸命ギルバートに話しかけている。ギルバートは何やら遠慮している様子だったが、やがて根負けしたようにセレナに腕を引かれてこちらに向かってきた。

歩きながらノアを見て、少し遠慮がちに頭を下げてくる。一連の事件に王妃派の貴族が関わっていたことは、恐らくギルバートの耳にも入っているのだろう。ノアに申し訳ない気持ちでいるだろうことは、彼の表情から伝わってくる。

ノアは実際何を感じているのかはわからないが、いつも通りといった様子でギルバートを受け入れているようだった。

この兄弟が争うようなことにならなければいいと思う。そうしていつまでも、この平和が続くことを願った。

「お前は事件を引き寄せる体質のようだから、重々注意するんだな」

　セレナとオリヴィアのお茶会に勝手に参加した上、オリヴィアの手作りお菓子まで綺麗に平らげたギルバートは、そんな忠告をして貴賓室を出て行った。

　セレナがオリヴィアをちらりと見ると、彼女は心底呆れたといった顔でギルバートを見送っていた。イグバーンの宝石と称えられる美貌が台無しである。

　だが、気持ちはわかる。セレナも事あるごとに、ギルバートを尊大な上に図々しい人だと感じてきた。

　突然聖女になってしまった自分の面倒を見てくれていることに感謝はしている。しかし何というか、彼は非常に偉そうなのだ。こちらの事情や都合に配慮することがあまり……ほとんど……まったく、と言っていいほどない。いつだって自分中心で、それが当然だとでも言うような態度。

　まあ、実際王子という偉い立場ではある。それに王族という身分の人たちは大体皆そうなのだということを、王宮で生活するようになって知った。それが許される立場なのだから、仕方ないことなのだろう。元平民のセレナには理解しがたいが、そういうものだと受け入れるしかない。受け入れてしまえば、気が楽だった。

ギルバートが去ってからオリヴィアにそんな話をすると、なぜか少し怒られてしまった。

「セレナ様。相手が王族だからと言って、すべて許す必要はないんですよ。怒る時はしっかり怒っていいですし、嫌な時は嫌だとはっきり言って構わないんです」

ギルバートがいた時よりも少し砕けた口調でオリヴィアに言われ、セレナは眉を下げる。

「でも、相手は王族で、私は平民ですし」

「今は子爵令嬢でしょう？　それに、聖女という尊い立場になられたじゃありませんか。王族と同等か、それ以上に敬われるべき方なんですよ、セレナ様は」

歴史上初めての神子という立場になったオリヴィアに言われ、セレナは苦笑する。

（オリヴィア様こそ、神子というお立場を全然意識していらっしゃらないのよね）

生粋の貴族である侯爵令嬢で、王太子の婚約者で未来の国母、そして史上初の神子。それなのにオリヴィアは身分で人を差別することなく、気さくで優しく、慈愛に溢れた女神のような存在だ。

少し前までは、貴族の養女になんてならなければ良かったと、学園に入り不安でいっぱいだった。今ではオリヴィアと出会い、彼女の親衛隊に入れたことを幸せに思っている。

それなのに、尊敬を通り越し崇拝すらしているオリヴィアに、時折嫉妬してしまう自分がセレナは嫌だった。

ギルバートとオリヴィアは仲が良い。いや、仲が良いというのは語弊があるかもしれない。遠慮があまりない、と表現する方が近いだろうか。

先ほどもそうだが学園でも、お互い嫌味や文句を言い合っていたりする。

ギルバートにとってオリヴィアは兄の婚約者。そしてオリヴィアにとってギルバートは婚約者の弟だ。だがそれだけではない、もう少し深い繋がりがふたりにはあるような気がしている。特に、ギルバートのオリヴィアに向ける視線には、特別なものを感じていた。

ギルバートは、オリヴィアのことが好きなのかもしれない。

オリヴィアはイグバーン王国一、魅力溢れる女性だ。兄の婚約者であったとしても、ギルバートが好きになってもおかしくはない。セレナだって自分が男なら、彼女に恋をしていたはずだ。

けれど、そう考える度にセレナは、嫉妬、羨望、寂しさ、悲しみ、疎外感……と、様々な感情に心を支配され苦しくなる。自分をどんどん嫌いになってしまう。

また落ちこみかけた時、オリヴィアが「でも……」と呟き笑った。

「そういえばセレナ様、ちゃんと怒っていましたね」

「え……？」

「先ほど、ギルバート殿下とやり合っていたじゃありませんか。世話しなくていいとか、王宮から出ていくだとか」

「あ、あれは、何というか。売り言葉に買い言葉で……」

「ふふ。少し前のセレナ様からは想像できない応酬でしたね」

オリヴィアにおかしそうに言われて、セレナの頬が熱くなる。

確かに、気づかなかったが自分もギルバートと嫌味や文句を言い合っていた。遠慮がないのは自分も同じだったらしい。その事実に驚きながら、何だかくすぐったかった。

オリヴィアとお茶会をしてから数週間後。

学園から王宮に戻ったセレナは、ギルバートを捜していた。執務室にいなかったので、他に彼がいそうな書庫に向かう為、回廊を進んでいた時だ。丁度、庭園をこちらに向かって歩いてくるギルバートを見つけた。

「ギルバート殿下!」

「……セレナか」

ギルバートは何か考え込むような厳しい顔をしていたが、セレナが声をかけると、ふわりと表情を和らげた。

普段はツンツンとした態度なのに、時折こんな表情を見せるのはズルいと思う。物語に出てくる王子様そのもの、といった雰囲気のギルバートにセレナはドキドキしてしまった。

「あ、あの！　今日の王太子殿下の、オリヴィア様と私に治癒院を慰問してほしいというお話ですが」

「ああ、そのことか。行きたいのか？」

「はい……出来れば行かせていただきたいです」

ぜひ行きたいと返事をしてしまっていたが、考えてみれば許可が出るかどうかわからなかった。聖女となり、セレナの行動は色々と制限されている。さすがに王太子からの依頼を簡単に断るようなことはないだろうけれど。

ギルバートはセレナの答えを読んでいたかのように頷いた。

「なら、俺も行こう」

「えっ？　ギルバート殿下も一緒に？」

「何だ。俺が一緒じゃや不満か」

「い、いえ！　……その、嬉しいです。殿下が一緒にいてくれれば、心強いです」

セレナが素直な気持ちを伝えると、ギルバートがサッと顔を赤く染めた。そんな顔をされるとは予想外で、セレナも自分の顔が熱くなるのを感じる。

何だか妙にくすぐったい雰囲気になり、ギルバートの顔がまともに見られない。そっと視線を庭園へとずらす。

大輪の薔薇が咲き乱れる庭園の道の奥。そのギルバートが来た方向には、王妃宮がある。そして彼が歩いていたのは王妃の温室に続く道。ギルバートの背後、遠い緑の垣根の向こうにわずかに覗く、温室のガラス屋根が輝いていた。

「あの。ギルバート殿下は、王妃様の温室に行かれてたんですか？」

「いや……。来客中だったからな」

来客中だったから、母である王妃には会わずに戻ってきたのだろうか。

貴族、いや、王族のことはよくわからないが、実の親子なのにこんなにも距離があるのが普通なのだろうか。平民だった頃、自分の母が客と会っていたら、娘の自分は挨拶くらいしていたはずだ。と、つい本当の家族のことを思い出し、セレナは一瞬寂しくなった。

「セレナ。お前はあそこには近づくなよ」

「あそこって、王妃様の温室ですか？」

王妃にお茶会に招待され、彼女の宮には何度か訪れたことはある。だが王妃だけの特別な温室と有名なそこには、一度も足を踏み入れたことはなかった。

「あそこは、お前には毒だ」

「はあ……」

元平民には、豪華すぎて目の毒だと言いたいのだろうか。わざわざ言われずとも、そこまで植物に強い興味があるわけではない。花なら王宮の庭園にもたくさんの種類が咲いていて、いつでもどこでも見て楽しむことができているのだから。

（でも、オリヴィア様なら温室の中を見てみたいと思うかも。デトックスの為の薬草やハーブ、それに解毒の研究に毒草まで集めているってお話ししてたし）

「……おい。何だその興味あります、とでも言いたげな顔は」

「え？　いえ、興味があるというか、ちょっと気になっただけです」

「ダメだ。ちょっとでも気にするな。もし母上にあそこに招待されても、絶対に行くな。すぐに返事をせずに、まず俺に言え」

わかったな、と肩を摑まれ、セレナは戸惑いながらも頷くしかない。

「わかりましたけど……あの温室に、一体何があると言うんです？」

ギルバートはひとつため息をつくと、セレナの肩から手を離し皮肉げに笑った。

「世にも恐ろしい毒が」

◆

オリヴィアたちと共に訪れた治癒院は、さながら戦場のようだった。

病室に入りきらず、廊下にまで溢れた患者たち。悲鳴に呻き声、すすり泣き。院内は苦しむ患者たちの声が幾重にも重なり、死の気配に満ちていた。

想像もしていなかった惨状にセレナは言葉を失ったが、すぐにぼう然としている場合ではないと、光魔法を行使すべく病室を回ることにした。

「気をしっかり持ってください。いま、魔法をかけますから」

「ああ……聖女様……」

「聖女様にお会いできただけで私は……」

死ぬ前にお目にかかれて良かった。もう死ぬのに、聖女様の魔法などもったいないことです。そんなことを言って満足げに目を閉じる患者のあまりの多さに、セレナは泣いてしまいそうだった。

「きっと良くなります！　皆さん諦めないでください！」

目に涙を浮かべ、歯を食いしばり、セレナは何度も光魔法を行使した。光の女神の姿に感動し拝む患者たちを横目に、何度も、何度も。

魔力が多いとは言えないセレナは魔力切れで目眩を起こした。その時、サッと腕を伸ばし支えてくれたのは、ギルバートだった。

「ギルバート殿下……」

無理をするな。そう言われるかと思った。

ギルバート付きの文官はいつも言う。危ないことはするな。無理はいけない。聖女の安全が第一だ、と。彼らは間違ったことは言っていないのだろう。ただ、セレナはそう言われるのが苦しかった。

だが、ギルバートは違った。彼は心配そうな顔をしながらも「大丈夫だ」と力強い声をかけてくれた。

「俺がついている。お前は気の済むまでやりたいようにやれ」

その言葉を聞いた時、セレナは改めて思った。この人が好きだ、と。

ギルバートはぐったりとするセレナに魔力回復薬を飲ませてくれた。体が床に沈んでしまうようなダルさが瞬く間に消える。きっと恐ろしく高級な薬なのだろう。魔力は全回復していた。それに何だか、来た時よりもパワーが漲っている気がした。

光魔法を行使し、魔力が切れたら回復薬を飲む。それを幾度となく繰り返し、体力的にも精神的にも疲弊してきた辺りで、時間が来た。セレナが外出していられる時間は、患者の数に比べあまりに少ない。

「また来ます。どうか、待っていてくださいね」

涙する患者たちを置いて治癒院を出るのは心苦しかった。そんなセレナの心を見透かすように、ギルバートは「またすぐに来られるようにしてやる」と約束してくれる。ぶっきらぼうなのに温かい声だった。

「よくやったな、セレナ」

「……はい。頑張りました」

大きな手が、軽く頭を撫でてくれる。

この人が、ギルバートが一緒なら、何だって出来そうだ。ギルバートの手の温もりを感じながら、セレナはこっそりと微笑んだ。

別行動をしていたオリヴィアたちと合流し、治癒院を出た所までは覚えている。そこで王太子の側近であるユージーン公子に声をかけられ、家族に光魔法をかけて欲しいと頼まれたことも、ギリギリ覚えている。その後の記憶がごっそり抜け落ちていた。

気づいた時にはアーヴァイン侯爵家の馬車の中で、オリヴィアとふたりきり。しかも自分が倒れかけたらしく、向かいに座るオリヴィアに抱きとめられていた。

どうやらセレナが自分からオリヴィアと一緒に帰りたいと言い出し、そのくせ敬愛する彼女の前で居眠りをしてしまったらしい。

(ありえない。自分がとても信じられないわ)

本当にまったく覚えておらず、目覚めてからセレナは血の気が引く思いをした。

心の広いオリヴィアは許してくれるどころか、光魔法を酷使して疲れたのだろうと気遣ってくれた。間違いなく女神である。セレナのオリヴィア信奉度は限界突破した。

オリヴィアの言葉通り、セレナは少々魔法を使い過ぎたらしい。魔力回復薬の連続使用もまずかったのだろう。王宮に着くなり、セレナは体調を崩し寝込んでしまった。

何日も寝ずに肉体労働をしたかのような、恐ろしい疲労感。セレナは指一本すら動かすことが出来ず、目眩と軽い吐き気に苦しんだ。

学園も一日休むことになってしまい散々だったが、良いこともあった。

（まさか、ギルバート殿下が看病してくれるなんて……）

聖女に与えられた貴賓室で寝込むセレナに、ギルバートはずっとついていてくれた。忙しいはずなのに、公務の資料を貴賓室に持ち込んでまで、セレナの世話を焼いてくれたのだ。

王族然とした態度は鳴りをひそめ、心からセレナを心配してくれているように感じた。

「悪かった。俺が止めなかったからこんな……」

落ちこんだ様子さえ見られ、セレナは何だか申し訳なくなりながらも、嬉しいという気持ちを隠しきれず微笑んでいた。

「ギルバート殿下。私は大丈夫です。少し休めば元気になります」

「だが……」

「本当に、大丈夫ですから。それに私、嬉しかったんですよ。ギルバート様が私を止めたりせず、やりたいようにやらせてくれたこと」

「あれは……俺には、それくらいしか出来ないから」

「でも、私は嬉しかったんです。信じてもらえてるみたいで」

ギルバートはセレナの額に乗せていた手巾を取り替えながら、小さく首を振った。

「お前は、飛べるから」

「飛べる……？　私が、ですか？」

「ああ。お前は俺と違って、どこへでも自由に飛べるはずだ。そんなお前を、籠の鳥にはしたくないんだ」

俯くギルバートは、何かセレナには思いも寄らない大きなことで、苦悩しているように見えた。

「……ギルバート様、手を」

「手……？」

「手を、握ってくれませんか。私、指すら動かせなくて」

だから眠るまで、手を握っていてほしい。

セレナがそんな風にお願いすると、ギルバートは少し困ったような表情を見せたが、やがてそっと手を握ってくれた。

ギルバートの手は大きく、やはり温かかった。

あなたにも、力強く羽ばたける大きな羽があるはずですよ。そう言ってあげたかった。

ギルバートに見守られ、穏やかな眠りについたセレナだったが、次に目覚めた時、やたらと心配するオリヴィアからの手紙と大量の見舞い(みまい)の品に、大いに驚く(おどろく)ことになるのだった。

あとがき

こんにちは、糸四季です。この度は『毒殺される悪役令嬢ですが、いつの間にか溺愛ルートに入っていたようで2』を手にとっていただき、誠にありがとうございます。

まさか続刊を出させていただけることになるとは夢にも思っておりませんでした。あとがきを書く手も震えております。

前刊では何とか自分とノアの毒殺を回避し、婚約式を挙げたオリヴィアでしたが、今回もやはり受難続きですね。新たな攻略対象者たちの登場に、ノアとの仲違い。恐ろしい事件が起き、強そうな敵も登場します。

望んでいた平穏な暮らしからはさらに遠ざかっていますが、それも自分の選んだ道だと思える愛と強さを手に入れたオリヴィア。悪役令嬢よりも神子が板についてきた様子です。

神子兼王太子の婚約者という肩書はストレスが多そうですが、デトックスさえあれば彼女は割と大丈夫。デトックスの効果以上に、「デトックス最強！」というオリヴィアの気持ちが彼女の心も体も健康にしている気がします。作者、見習いたい。

さすがに現代社会で、日々毒に命を脅かされている方はそういらっしゃらないでしょうが、何かとストレスの多い時代ですから、オリヴィアとシロのかけ合いで笑ったり、ノアとの恋できゅんとしたり涙したり、そしてデトックスを真似してみたりして、皆様の心と体が元気になってくれたら、作者としてとても嬉しいです。

今作でも、オリヴィアたちを生き生きと描いてくださった、イラストレーターの茲助様。ひとりひとりを輝かせてくれる素敵なイラストを、本当にありがとうございます！　表紙イラストのあまりの美しさに昇天しそうになりました……。

また、タテスクコミックにてコミカライズをご担当いただいている瑞城夷真様。このあとがきを書いている時、ノアが最高にかっこいい回のネームを読ませていただきました。一読者として毎話とっても楽しみにしております！　ありがとうございます！（未読の方がいらっしゃいましたらぜひぜひ）

今回も書籍化するに当たり、たくさんの方にご尽力いただきました。角川ビーンズ文庫、タテスクコミックの担当編集さんたちをはじめとした、関係各位に深く御礼申し上げます。

タテスク連載当初からお世話になった担当編集のSさん！　Sさんのお休み中も読者様と一緒に物語を楽しんでいただけるよう頑張りますね！

執筆を応援してくれる家族と友人、そして素敵な感想でオリヴィアたちと作者を励ましてくださった読者の皆様に、たくさんの感謝を。皆様からの感想が糸四季の原動力です。

オリヴィアたちの物語はまだ続く予定なので、皆様にお届けできるよう、よろしければ今作の感想などお寄せいただければ幸いです。どのキャラが好きです、この攻略対象が推しです、なんて感想もとってもとっても嬉しいのでぜひ！
それでは、また皆様にご挨拶(あいさつ)できる日が来ることを願って。

糸四季

「毒殺される悪役令嬢ですが、いつの間にか溺愛ルートに入っていたようで2」の感想をお寄せください。
おたよりのあて先
〒102-8177　東京都千代田区富士見2-13-3
株式会社KADOKAWA　角川ビーンズ文庫編集部気付
「糸四季」先生・「茲助」先生
また、編集部へのご意見ご希望は、同じ住所で「ビーンズ文庫編集部」
までお寄せください。

毒殺される悪役令嬢ですが、いつの間にか溺愛ルートに入っていたようで2

糸四季

角川ビーンズ文庫　23453

令和4年12月1日　初版発行

発行者――山下直久
発　行――株式会社KADOKAWA
〒102-8177　東京都千代田区富士見2-13-3
電話 0570-002-301（ナビダイヤル）
印刷所――株式会社暁印刷
製本所――本間製本株式会社
装幀者――micro fish

●お問い合わせ
https://www.kadokawa.co.jp/（「お問い合わせ」へお進みください）
※内容によっては、お答えできない場合があります。
※サポートは日本国内のみとさせていただきます。
※Japanese text only

ISBN978-4-04-113130-5 C0193 定価はカバーに表示してあります。　◇◇◇

伯爵令嬢アシュリーの前世は、勇者に滅ぼされた魔族の黒ウサギ。ある日、勇者の子孫である王弟のクライド殿下との婚約が決まってしまう。恐怖で彼を避けまくるアシュリーに、彼はイジワルな笑顔で迫ってきて……!?